다시, 봄·봄

점순이와 '나' 그 후

다시, 봄·봄

초판 1쇄 2017년 4월 25일
초판 3쇄 2018년 8월 1일

엮은이 | 김유정기념사업회

글쓴이 | 전상국, 김도연, 한정영, 윤혜숙, 이순원, 이기호, 전석순
펴낸곳 | 도서출판 단비
펴낸이 | 김준연
편 집 | 최유정
등 록 | 2003년 3월 24일(제2012-000149호)
주 소 | 경기도 고양시 일산서구 일중로 30, 505동 404호(일산동, 산들마을)
전 화 | 02-322-0268
팩 스 | 02-322-0271
전자우편 | rainwelcome@hanmail.net

ISBN 979-11-85099-87-3   03810
값 11,000원

이 도서의 국립중앙도서관 출판예정도서목록(CIP)은 서지정보유통지원시스템 홈페이지
(http://seoji.nl.go.kr)와 국가자료공동목록시스템(http://www.nl.go.kr/kolisnet)에서
이용하실 수 있습니다.(CIP제어번호: CIP2017008904)

이 책은 한국출판문화산업진흥원의 출판콘텐츠 창작자금을 지원받아 제작되었습니다.

다시,
봄·봄

점순이와 '나' 그 후

김유정의 「봄·봄」 이어쓰기

김유정기념사업회 엮음

단비
danbi

소설 읽기의 또 다른 즐거움

김유정의 「봄·봄」은 1936년 월간종합지 『조광』에 발표된 소설이다. 그런데, 놀랍다. 80여 년 전의 그 소설이 오늘 이 시간까지도 그때나 전혀 다름없는 재미와 감동으로 많은 독자들을 만나고 있으니 말이다.

「봄·봄」의 내용이나 그것을 전하는 말투가 분명 오래전 것인데도 독자들은 왜 속수무책으로 그 이야기 속에 거침없이 빠져드는 것일까. 바보가 아닌 독자들이 소설 속 바보들의 어리석은 짓거리를 위에서 내려다보며 느끼는, 그런 재미 그 이상의 뭔가 있음이 분명하다.

그렇게 짧은 글 속에 이처럼 맛깔난 이야기를 담을 수 있다니! 키는 작지만 야무지고 당찬 점순이, 아둔하고 어리석기 짝

없는 데릴사위 〈나〉, 이야기 갈등 유발의 악역 욕필이 영감 등의 캐릭터를 만들어 놓고 저만큼 멀리 떨어진 곳에서 시치미뚝 능청스레 낄낄거리고 있는 작가 김유정의 그 생동감 넘치는 탁월한 언어 감각이 놀랍고 부럽다.

「봄·봄」 이어쓰기

시간과 공간을 넘어 그 문학적 가치 전승에 성공한 우리의 영원한 청년 작가 김유정의 작품을 오마주한 짧은 소설 몇 편을 한 권의 책으로 묶었다. 이는 작가 김유정과 동향인 강원도 출신 현역 작가들 몇 사람이 열린 구조의 결말로 독자의 몫을 남긴 「봄·봄」 뒷이야기를 그네들 나름의 상상으로 빚어냄으로써 「봄·봄」의 문학사적 가치에 대한 같은 작가로서의 선망을 넘어 이제까지의 그들이 보여 준 창작 열정과 글쓰기 신명의 확인이라는 뜻에서 그 의미가 크다고 하겠다.

이 작업이 이 시대 독자들에게는 세월이 흘러도 변하지 않고 영원히 살아있는 구조로써의 소설 미학 그 매력 찾기이며 어느 시대나 좋은 소설은 그 작품을 제대로 읽는 독자들에 의해 완성된다는 것을 확인하는 계기가 되리라 확신한다.

「봄·봄」 이어쓰기 소설을 읽는 가장 큰 재미는 김유정 작품 특유의 해학과 향토성, 그 이야기 구조와 내용이 이 시대 작가들

의 글쓰기에서는 어떤 신명으로 어떻게 나타났을까 하는 기대와
관심일 것이다.

「봄·봄」의 데릴사위 〈나〉가 아닌 〈점순이〉를 화자로 하여 이
야기를 풀어 간 작품도 있다. 이야기를 보다 객관성 있게 하기
위해 3인칭 시점, 아니면 좀 색다른 거리를 두기 위해 2인칭 시
점으로 이야기를 풀어 간 작품도 보인다. 이야기 내용도 장인
영감에 맞서 보다 적극적인 전략으로 결혼에 성공하는 이야기
에 초점을 맞춘 작품들도 있다. 점순이 허리가 볼록 늘어나는
사건으로 장인 영감을 굴복시키는가 하면 다른 집 데릴사위
와 합작해 일을 성사시킬 계책을 세우는가 하면 공연히 점순이
가 다니는 야학당의 선생님을 의심해 일을 크게 벌이는 이야기
도 있다. 또 다른 경우 치매 환자인 주인공이 요양원에 들어가
정신이 흐린 상태로 옛날 일을 더듬더듬 회상해 내는 이야기도
눈길을 끈다.

이 시대 일곱 작가가 보여 준 상상력 부리기와 그 표현의 마
력 확인이 소설 읽기의 재미, 또 다른 즐거움으로 이어지길 바
란다.

전상국 작가, 김유정문학촌장

차례

봄、봄

/ 김유정

"장인님! 인젠 저…."

내가 이렇게 뒤통수를 긁고, 나이가 찼으니 성례를 시켜 줘야 하지 않겠느냐고 하면 대답이 늘,

"이 자식아! 성례구 뭐구 미처 자라야지!"

하고 만다.

이 자라야 한다는 것은 내가 아니라 장차 내 아내가 될 점순이의 키 말이다.

내가 여기에 와서 돈 한 푼 안 받고 일하기를 삼 년 하고 꼬박이 일곱 달 동안을 했다. 그런데도 미처 못 자랐다니까 이 키는 언제야 자라는 겐지 짜장 영문 모른다. 일을 좀 더 잘해야 한다든지, 혹은 밥을(많이 먹는다고 노상 걱정이니까) 좀 덜 먹어

야 한다든지 하면 나도 얼마든지 할 말이 많다. 허지만 점순이가 아직 어리니까 더 자라야 한다는 여기에는 어째 볼 수 없이 고만 벙벙하고 만다.

이래서 나는 애초에 계약이 잘못된 걸 알았다. 이태면 이태, 삼 년이면 삼 년, 기한을 딱 작정하고 일을 했어야 원 할 것이다. 덮어놓고 딸이 자라는 대로 성례를 시켜 주마, 했으니 누가 늘 지키고 섰는 것도 아니고, 그 키가 언제 자라는지 알 수 있는가. 그리고 난 사람의 키가 무럭무럭 자라는 줄만 알았지 붙박이 키에 모로만 벌어지는 몸도 있는 것을 누가 알았으랴. 때가 되면 장인님이 어련하랴 싶어서 군소리 없이 꾸벅꾸벅 일만 해 왔다. 그럼 말이다. 장인님이 제가 다 알아차려서

"어 참 너 일 많이 했다. 고만 장가들어라."

하고 살림도 내주고 해야 나도 좋을 것이 아니냐. 시치미를 딱 떼고 도리어 그런 소리가 나올까 봐서 지레 펄펄 뛰고 이 야단이다. 명색이 좋아 데릴사위지 일하기에 싱겁기도 할 뿐더러 이건 참 아무것도 아니다.

숙맥이 그걸 모르고 점순이의 키 자라기만 까맣게 기다리지 않았나.

언젠가는 하도 갑갑해서 자를 가지고 덤벼들어서 그 키를 한번 재 볼까 했다마는, 우리는 장인님이 내외를 해야 한다고 해

서 마주 서 이야기도 한마디 하는 법 없다. 우물길에서 언제나 마주칠 적이면 겨우 눈어림으로 재 보고 하는 것인데 그럴 적마다 나는 저만큼 가서

"제-미 키두!"

하고 논둑에다 침을 퉤, 뱉는다. 아무리 잘 봐야 내 겨드랑(다른 사람보다 좀 크긴 하지만) 밑에서 넘을락 말락 밤낮 요 모양이다. 개돼지는 푹푹 크는데 왜 이리도 사람은 안 크는지, 한동안 머리가 아프도록 궁리도 해 보았다. 아하, 물동이를 자꾸이니까 뼉다귀가 움츠러드나 보다, 하고 내가 넌짓넌짓이 그 물을 대신 길어도 주었다. 뿐만 아니라 나무를 하러 가면 성황당에 돌을 올려놓고,

"점순이의 키 좀 크게 해 줍소사. 그러면 담엔 떡 갖다 놓고 고사 드립죠니까."

하고 치성도 한두 번 드린 것이 아니다. 어떻게 돼먹은 킨지 이래도 막무가내니…. 그래 내 어저께 싸운 것이지 결코 장인님이 밉다든가 해서가 아니다.

모를 붓다가 가만히 생각을 해 보니까 또 싱겁다. 이 벼가 자라서 점순이가 먹고 좀 큰다면 모르지만 그렇지도 못 한 걸 내 심어서 뭘 하는 거냐, 해마다 앞으로 축 불거지는 장인님의 아랫배(그 배가 너무 먹는 걸 모르고 냇병이라나, 그 배)를 불리기 위

하여 모를 심곤 조금도 싶지 않다.

"아이구 배야!"

난 물 붓다 말고 배를 쓰다듬으면서 그대로 논둑을 기어올랐다. 그리고 겨드랑에 꼈던 벼 담긴 키를 그냥 땅바닥에 털썩, 떨어치며 나도 털썩 주저앉았다. 일이 암만 바빠도 나 배 아프면 고만이니까, 아픈 사람이 누가 일을 하느냐. 파릇파릇 돋아 오른 풀 한 숲을 뜯어 들고 다리의 거머리를 쑥쑥 문대며 장인님의 얼굴을 쳐다보았다.

논 가운데서 장인님도 이상한 눈을 해 가지고 한참 날 노려보더니,

"넌 이 자식, 왜 또 이래 웅?"

"배가 좀 아파서유!"

하고 풀 위에 슬며시 쓰러지니까 장인님은 약이 올랐다. 저도 논에서 철벙철벙 둑으로 올라오더니 잡은 참 내 멱살을 옹켜잡고 뺨을 치는 것이 아닌가.

"이 자식아, 일허다 말면 누굴 망해 놀 속셈이냐. 이 대가릴 까놀 자식?"

우리 장인님은 약이 오르면 이렇게 손버릇이 아주 못됐다. 또 사위에게 이 자식 저 자식 하는 이놈의 장인님은 어디 있느냐. 오죽해야 우리 동리에서 누굴 물론하고 그에게 욕을 안 먹

는 사람은 명이 짜르다 한다. 조그만 아이들까지도 그를 돌아세 놓고 욕필이(본 이름이 봉필이니까) 욕필이, 하고 손가락질을할 만치 두루 인심을 잃었다. 하나 인심을 정말 잃었다면 욕보다 읍의 배 참봉 댁 마름으로 더 잃었다. 번이 마름이란 욕 잘하고, 사람 잘 치고, 그리고 생김 생기길 호박개 같아야 쓰는 거지만 장인님은 외양에 똑 됐다. 장인께 닭 마리나 좀 보내지 않는다든가 애벌논 때 품을 좀 안 준다든가 하면 그 해 가을에는영락없이 땅이 뚝뚝 떨어진다. 그러면 미리부터 돈도 먹고 술도 먹이고 안달재신으로 돌아치던 놈이 그 땅을 슬쩍 돌아 안는다. 이 바람에 장인님 집 외양간에는 눈깔 커다란 황소 한 놈이 절로 엉금엉금 기어들고, 동리 사람들은 그 욕을 다 먹어 가면서도 그래도 굽신굽신하는 게 아닌가— 그러나 내겐 장인님이감히 큰소리할 계제가 못 된다. 뒷생각은 못 하고 뺨 한 개를딱 때려 놓고는 장인님은 무색해서 덤덤히 쓴침만 삼킨다. 난그 속을 퍽 잘 안다. 조금 있으면 갈도 꺾어야 하고 모도 내야하고, 한창 바쁜 때인데 나 일 안 하고 우리 집으로 그냥 가면고만이니까. 작년 이맘때도 트집을 좀 하니까 늦잠 잔다고 돌멩이를 집어 던져서 자는 놈의 발목을 삐게 해 놨다. 사날씩이나건승 끙, 끙, 앓았더니 종당에는 거반 울상이 되지 않았는가.

"얘, 그만 일어나 일 좀 해라. 그래야 올갈에 벼 잘되면 너 장가들지 않니."

그래 귀가 번쩍 띄어서 그날로 일어나서 남이 이틀 품 들일 논을 혼자 삶아 놓으니까 장인님도 눈깔이 커다랗게 놀랐다. 그럼 정말로 가을에 와서 혼인을 시켜 줘야 온 경우가 옳지 않겠나. 볏섬을 척척 들여 쌓아도 다른 소리는 없고 물동이를 이고 들어오는 점순이를 담배통으로 가리키며,

"이 자식아 미처 커야지 조걸 무슨 혼인을 한다구 그러니 원!"

하고 남 낯짝만 붉혀 주고 고만이다. 골김에 그저 이놈의 장인님, 하고 댓돌에다 메꽂고 우리 고향으로 내뺄까 하다가 꾹꾹 참고 말았다.

참말이지 난 이꼴 하고는 집으로 차마 못 간다. 장가를 들러 갔다가 오죽 못났어야 그대로 쫓겨 왔느냐고 손가락질을 받을 테니까….

논둑에서 벌떡 일어나 한풀 죽은 장인님 앞으로 다가서며,

"난 갈 테야유, 그동안 사경 쳐 내슈."

"너 사위로 왔지 어디 머슴 살러 왔니?"

"그러면 얼찐 성례를 해 줘야 안 하지유. 밤낮 부려만 먹구 해 준다, 해 준다…."

"글쎄, 내가 안 하는 거냐, 그년이 안 크니까…."

하고 어름어름 담배만 담으면서 늘 하는 소리를 또 늘어놓는다.

이렇게 따져 나가면 언제든지 늘 나만 밑지고 만다. 이번엔 안 된다 하고 대뜸 구장님한테로 판단 가자고 소맷자락을 내끌었다.

"아, 이 자식아, 왜 이래 어른을."

안 간다고 뻗디디고 이렇게 호령은 제 맘대로 하지만 장인님 제가 내 기운은 못 당한다. 막 부려먹고 딸은 안 주고, 게다 땅땅 치는 건 다 뭐야….

그러나 내 사실 참 장인님이 미워서 그런 것은 아니다.

그 전날, 왜 내가 새고개 맞은 봉우리 화전밭을 혼자 갈고 있지 않았느냐. 밭 가생이로 돌 적마다 야릇한 꽃내가 물컥물컥 코를 찌르고 머리 위에서 벌들은 가끔 붕, 붕, 소리를 친다. 바위 틈에서 샘물 소리밖에 안 들리는 산골짜기니까 맑은 하늘의 봄볕은 이불 속같이 따스하고 꼭 꿈꾸는 것 같다. 나는 몸이 나른하고 몸살(을 아직 모르지만 병)이 나려고 그러는지 가슴이 울렁울렁하고 이랬다.

"어러이! 말이! 맘 마 마…."

이렇게 노래를 하며 소를 부리면 여느 때 같으면 어깨가 으쓱으쓱한다. 웬일인지 밭을 반도 갈지 않아서 온몸이 맥이 풀리고

대고 짜증만 난다. 공연히 소만 들입다 두들기며,

"안야! 안야! 이 망할 자식 소(장인님의 소니까) 대리를 꺾어 줄라."

그러나 내 속은 정말 안야 때문이 아니라 점심을 이고 온 점순이의 키를 보고 울화가 났던 것이다.

점순이는 뭐 그리 썩 예쁜 계집애는 못 된다. 그렇다구 또 개떡이냐 하면 그런 것도 아니고, 꼭 내 아내가 돼야 할 만치 그저 툽툽하게 생긴 얼굴이다. 나보다 십 년이 아래니까 올해 열여섯인데 몸은 남보다 두 살이나 덜 자랐다. 남은 잘도 훤칠히들 크건만 이건 위아래가 뭉툭한 것이 내 눈에는 헐없이 감참외 같다. 참외 중에는 감참외가 제일 맛 좋고 예쁘니까 말이다. 둥글고 커다란 눈은 서글서글하니 좋고 좀 지쳐 찢어졌지만 입은 밥술이나 톡톡히 먹음직하니 좋다. 아따, 밥만 많이 먹게 되면 팔자는 고만 아니냐. 헌데 한 가지 파가 있다면 가끔가다 몸이(장인님은 이걸 채신이 없이 들까분다고 하지만) 너무 빨리빨리 논다. 그래서 밥을 나르다가 때 없이 풀밭에서 깻빡을 쳐서 흙투성이 밥을 곧잘 먹인다. 안 먹으면 무안해할까 봐서 이걸 씹고 앉았노라면 으적으적 소리만 나고 돌을 먹는 겐지 밥을 먹는 겐지….

그러나 이날은 웬일인지 성한 밥 채로 밭머리에 곱게 내려놓

왔다. 그리고 또 내외를 해야 하니까 저만큼 떨어져 이쪽으로 등을 향하고 웅크리고 앉아서 그릇 나기를 기다린다.

내가 다 먹고 물러섰을 때, 그릇을 와서 챙기는데, 난 깜짝 놀라지 않았느냐. 고개를 푹 숙이고 밥함지에 그릇을 포개면서 날더러 들으라는지, 혹은 제 소린지.

"밤낮 일만 하다 말 텐가!"

하고 혼자서 쫑알거린다. 고대 잘 내외하다가 이게 무슨 소린가, 하고 난 정신이 얼떨떨했다. 그러면서도 한편 무슨 좋은 수가 있는가 싶어서 나도 공중을 대고 혼잣말로

"그럼 어떡해?"

하니까,

"성례시켜 달라지 뭘 어떡해…."

하고 되알지게 쏘아붙이고 얼굴이 발개져서 산으로 그저 도망질을 친다.

나는 잠시 동안 어떻게 되는 셈판인지 맥을 몰라서 그 뒷모양만 덤덤히 바라보았다.

봄이 되면 온갖 초목이 물이 오르고 싹이 트고 한다. 사람도 아마 그런가 보다, 하고 며칠 내에 부쩍(속으로) 자란 듯싶은 점순이가 여간 반가운 것이 아니다.

이런 걸 멀쩡하게 안직 어리다구 하니까….

우리가 구장님을 찾아갔을 때 그는 싸리문 밖에 있는 돼지우리에서 죽을 퍼 주고 있었다. 서울엘 좀 갔다 오더니 사람은 점잖아야 한다구 옷셤이(얼른 보면 지붕 위에 앉은 제비 꼬랑지 같다.) 양쪽으로 뾰족이 뻗치고 그걸 에헴, 하고 늘 쓰다듬는 손버릇이 있다. 우리를 멀뚱히 쳐다보고 미리 알아챘는지,

"왜 일들 허다 말구 그래?"

하더니 손을 올려서 그 에헴을 한 번 후딱 했다.

"구장님! 우리 장인님과 츰에 계약하기를…."

먼저 덤비는 장인님을 뒤로 떠다밀고 내가 허둥지둥 달려들다가 가만히 생각하고,

"아니 우리 빙장님과 츰에."

하고 첫 번부터 다시 말을 고쳤다. 장인님은 빙장님, 해야 좋아하고 밖에 나와서 장인님, 하면 괜스레 골을 내려 든다. 뱀두 뱀이래야 좋으냐구 창피스러우니 남 듣는 데는 제발 빙장님, 빙모님 하라구 일상 당조짐을 받아 오면서 난 그것도 자꾸 잊는다.

당장도 장인님 하다 옆에서 내 발등을 꾹 밟고 곁눈질을 흘기는 바람에야 겨우 알았지만….

구장님도 내 이야기를 자세히 듣더니 퍽 딱한 모양이었다. 하기야 구장님뿐만 아니라 누구든지 다 그럴 게다. 길게 길러 둔

새끼손톱으로 코를 후벼서 저리 탁 튀기며,

"그럼, 봉필 씨! 얼른 성례를 시켜 주구려, 그렇게까지 제가 하구 싶다는 걸…."

하고 내 짐작대로 말했다. 그러나 이 말에 장인님이 삿대질로 눈을 부라리고,

"아 성례구 뭐구 계집애년이 미처 자라야 할 게 아닌가?"

하니까 고만 멀쑥해서 입맛만 쩍쩍 다실 뿐이 아닌가.

"그것두 그래!"

"그래, 거진 사 년 동안에도 안 자랐다니 그 킨 은제 자라지유? 다 그만두구 사경 내슈…."

"글쎄, 이 자식아! 내가 크질 말라구 그랬니, 왜 날보고 떼냐?"

"빙모님은 참새만 한 것이 그럼 어떻게 앨 낳지유?(사실 장모님은 점순이보다 귓배기 하나가 작다.)"

장인님은 이 말을 듣고 껄껄 웃더니(그러나 암만 해두 돌 섞은 상이다.) 코를 푸는 척하고 날 은근히 곯리려고 팔꿈치로 옆 갈비께를 폭 치는 것이다. 더럽다. 나두 종아리의 파리를 쫓는 척하고 허리를 구부리며 그 궁둥이를 콱 떼밀었다. 장인님은 앞으로 우찔근 하고 싸리문께로 쓰러질 듯하다 몸을 바로 고치더니 눈총을 몹시 쏘았다. 이런 상년의 자식! 하곤 싶으나 남의 앞이

라니 차마 못 하고 섰는 그 꼴이 보기에 퍽 쟁그러웠다.

그러나 이밖에는 별반 신통한 귀정을 얻지 못하고 도로 논으로 돌아와서 모를 부었다. 왜냐면 장인님이 뭐라구 귓속말로 수군수군하고 간 뒤다. 구장님이 날 위해서 조용히 데리고 아래와 같이 일러 주었기 때문이다.(뭉태의 말은 구장님이 장인님에게 땅 두 마지기 얻어 부치니까 그래 꾀였다고 하지만 난 그렇게 생각 않는다.)

"자네 말두 하기야 옳지, 암 나이 찼으니까 아들이 급하다는 게 잘못된 말은 아니야. 허지만 농사가 한창 바쁠 때 일을 안 한다든가 집으로 달아난다든가 하면 손해죄루 그것두 징역을 가거든!(여기에 그만 정신이 번쩍 났다.) 왜 요전에 삼포말서 산에 불 좀 놓았다구 징역 간 거 못 봤나. 제 산에 불을 놓아도 징역을 가는 이땐데 남의 농사를 버려 주니 죄가 얼마나 더 중한가. 그리고 자넨 정장을(사경 받으러 정장 가겠다 했다.) 간대지만 그러면 괜시리 죄를 들쓰고 들어가는 걸세. 또 결혼두 그렇지. 법률에 성년이란 게 있는데 스물하나가 돼야 비로소 결혼을 할 수 있는 걸세. 자넨 물론 아들이 늦을 걸 염려하지만 점순이루 말하면 이제 겨우 열여섯이 아닌가. 그렇지만 아까 빙장님의 말씀이 올갈에는 열 일을 제치고라두 성례를 시켜 주겠다 하시니 좀 고마울 겐가. 빨리 가서 모 붓든 거나 마저 붓게. 군소리 말구 어서 가."

그래서 오늘 아침까지 끽소리 없이 왔다.

장인님과 내가 싸운 것은 지금 생각하면 전혀 뜻밖의 일이라 안 할 수 없다.

장인님으로 말하면 요즈막 작인들에게 행세를 좀 하고 싶다고 해서, '돈 있으면 양반이지 별게 있느냐!' 하고 일부러 아랫배를 쑥 내밀고 걸음도 뒤틀리게 걷고 하는 이 판이다. 이까진 나쯤 두들기다 남의 땅을 가지고 모처럼 닦아 놓았던 가문을 망친다든가 할 어른이 아니다. 또 나로 논지면 아무쪼록 잘 빼서 점순이에게 얼른 장가를 들어야 하지 않느냐.

이렇게 말하자면 결국 어젯밤 뭉태네 집에 마슬 간 것이 썩 나빴다. 낮에 구장님 앞에서 장인님과 내가 싸운 것을 어떻게 알았는지 대고 빈정거리는 것이 아닌가.

"그래 맞구두 그걸 가만 뒤?"

"그럼 어떡허니?"

"임마, 봉필일 모판에다 거꾸로 박아 놓지 뭘 어떡해?"

하고 괜히 내 대신 화를 내 가지고 주먹질을 하다 등잔까지 쳤다. 놈이 본시 괄괄은 하지만 그래 놓고 날더러 석윳값을 물라고 막 지다위를 붙는다. 난 어안이 벙벙해서 잠자코 앉았으니까 저만 연신 지껄이는 소리가,

"밤낮 일만 해 주구 있을 테냐?"

"영득이는 일 년을 살구두 장갈 들었는데 넌 사 년이나 살구 두 더 살아야 해?"

"네가 세 번째 사윈 줄이나 아니? 세 번째 사위."

"남의 일이라두 분하다. 이 자식아, 우물에 가 빠져 죽어."

나중에는 겨우 손톱으로 목을 따라고까지 하고, 제 아들같 이 함부로 훅닥이었다. 별의별 소리를 다 해서 그대로 옮길 수 는 없으나 그 줄거리는 이렇다.

우리 장인님 딸이 셋이 있는데 맏딸은 재작년 가을에 시집을 갔다. 정말은 시집을 간 것이 아니라 그 딸도 데릴사위를 해 가 지고 있다가 내보냈다. 그런데 딸이 열 살 때부터 열아홉 즉 십 년 동안에 데릴사위를 갈아 들이기를, 동리에선 사위 부자라고 이름이 났지마는 열 놈이란 참 너무 많다. 장인님이 아들은 없 고 딸만 있는 고로 그담 딸을 데릴사위를 해 올 때까지는 부려 먹지 않으면 안 된다. 물론 머슴을 두면 좋지만 그건 돈이 드니 까, 일 잘하는 놈을 고르느라고 연방 바꿔 들였다. 또 한편 놈 들이 욕만 줄창 퍼붓고 심히도 부려먹으니까 밸이 상해서 달아 나기도 했겠지. 점순이는 둘째 딸인데 내가 일테면 그 세 번째 데릴사위로 들어온 셈이다. 내 담으로 네 번째 놈이 들어올 것 을 내가 일도 잘하고 그리고 사람이 좀 어수룩하니까 장인님이 잔뜩 붙들고 놓질 않는다. 셋째 딸이 인제 여섯 살, 적어두 열 살은 돼야 데릴사위를 할 테므로 그동안은 죽도록 부려먹어야 된다. 그러니 인제는 속 좀 차리고 장가를 들여 달라구 떼를 쓰고 나자빠져라, 이것이다.

나는 겉으로 엉, 엉, 하며 귓등으로 들었다. 뭉태는 땅을 얻어 부치다가 떨어진 뒤로는 장인님만 보면 공연히 못 먹어서 으릉거린다. 그것도 장인님이 저 달라고 할 적에 제 집에서 위한다는 그 감투(예전에 원님이 쓰던 것이라나, 옆구리에 뽕뽕 좀먹은 걸레)를 선뜻 주었더면 그럴 리도 없었던 걸….

그러나 나는 뭉태란 놈의 말을 전수이 곧이듣지 않았다. 꼭 곧이들었다면 간밤에 와서 장인님과 싸웠지 무사히 있었을 리가 없지 않은가. 그러면 딸에게까지 인심을 잃은 장인님이 혼자 나빴다.

실토이지 나는 점순이가 아침상을 가지고 나올 때까지는 오늘은 또 얼마나 밥을 담았나, 하고 이것만 생각했다. 상에는 된장찌개하고 간장 한 종지, 조밥 한 그릇, 그리고 밥보다 더 수부룩하게 담은 산나물이 한 대접, 이렇다. 나물은 점순이가 틈틈이 해 오니까 두 대접이고 네 대접이고 멋대로 먹어도 좋으나 밥은 장인님이 한 사발 외엔 더 주지 말라고 해서 안 된다. 그런데 점순이가 그 상을 내 앞에 내려놓으며 제 말로 지껄이는 소리가,

"구장님한테 갔다 그냥 온담그래!"

하고 엊그제 산에서와 같이 되우 쫑알거린다. 딴은 내가 더 단단히 덤비지 않고 만 것이 좀 어리석었다. 속으로 그랬다. 나도 저쪽 벽을 향하여 외면하면서 내 말로,

"안 된다는 걸 그럼 어떡헌담!"

하니까

"쉼을 잡아채지 그냥 뒤, 이 바보야!"

하고 또 얼굴이 빨개지면서 성을 내며 안으로 샐죽하니 튀들어 가지 않느냐. 이때 아무도 본 사람이 없었게 망정이지 보았다면 내 얼굴이 에미 잃은 황새 새끼처럼 가여웁다, 했을 것이다.

사실 이때만치 슬펐던 일이 또 있었는지 모른다. 다른 사람은 암만 못생겼다 해두 괜찮지만 내 아내 될 점순이가 병신으로 본다면 참 신세는 따분하다. 밥을 먹은 뒤 지게를 지고 일터로 가려 하다 도로 벗어 던지고 바깥마당 공석 위에 드러누워서 나는 차라리 죽느니만 같지 못하다 생각했다.

내가 일 안 하면 장인님 저는 나이가 먹어 못 하고 결국 농사 못 짓고 만다. 뒷짐으로 트림을 꿀꺽, 하고 대문 밖으로 나오다 날 보고서,

"이 자식아, 너 왜 또 이러니?"

"관격이 났어유, 아이구 배야!"

"기껀 밥 처먹고 나서 무슨 관격이야, 남의 농사 버려 주면 이 자식아 징역 간다 봐라!"

"가두 좋아유, 아이구 배야!"

참말 난 일 안 해서 징역 가도 좋다 생각했다. 일후 아들을 낳아도 그 앞에서 바보 바보 이렇게 별명을 들을 테니까 오늘은 열 쪽이 난대도 결정을 내고 싶었다.

장인님이 일어나라고 해도 내가 안 일어나니까 눈에 독이 올라서 저편으로 힝하게 가더니 지게막대기를 들고 왔다. 그리고 그걸로 내 허리를 마치 들떠 넘기듯이 쿡 찍어서 넘기고 넘기고 했다. 밥을 잔뜩 먹어 딱딱한 배가 그럴 적마다 퉁겨지면서 뱃창이 꼿꼿한 것이 여간 캥기지 않았다. 그래도 안 일어나니까 이번에는 배를 지게막대기로 위에서 쿡쿡 찌르고 발길로 옆구리를 차고 했다. 장인님은 원체 심청이 궂어서 그러지만 나도 저만 못하지 않게 배를 채었다. 아픈 것을 눈을 꽉 감고 넌 해라 난 재밌단 듯이 있었으나 볼기짝을 후려갈길 적에는 나도 모르는 결에 벌떡 일어나서 그 수염을 잡아챘다마는 내 골이 난 것이 아니라 정말은 아까부터 벽 뒤 울타리 구멍으로 점순이가 우리들의 꼴을 몰래 엿보고 있었기 때문이다.

가뜩이나 말 한마디 톡톡히 못 한다고 바라보는데 매까지 잠자코 맞는 걸 보면 짜장 바보로 알 게 아닌가. 또 점순이도 미

위하는 이까짓 놈의 장인님하곤 아무것도 안 되니까 막 때려도 좋지만 사정 보아서 수염만 채고(제 원대로 했으니까 이때 점순이는 퍽 기뻤겠지.) 저기까지 잘 들리도록,

"이걸 까셀라 부다!"

하고 소리를 쳤다.

장인님은 더 약이 바짝 올라서 잡은 참 지게막대기로 내 어깨를 그냥 내려 갈겼다. 정신이 다 아찔하다. 다시 고개를 들었을 때 그때엔 나도 온몸에 약이 올랐다. 이 녀석의 장인님을, 하고 눈에서 불이 퍽 나서 그 아래 밭 있는 넝 알로 그대로 떠밀어 굴려 버렸다. 조금 이따가 장인님이 씩, 씩, 하고 한번 해 보려고 기어오르는 걸 얼른 또 떠밀어 굴려 버렸다.

기어오르면 굴리고, 굴리면 기어오르고, 이러길 한 너덧 번을 하며 그럴 적마다,

"부려만 먹구 왜 성례 안 하지유!"

나는 이렇게 호령했다. 허지만 장인님이 선뜻, 오냐 낼이라두 성례시켜 주마, 했으면 나도 성가신 걸 그만두었을지 모른다. 나야 이러면 때린 건 아니니까 나중에 장인 쳤다는 누명도 안 들을 터이고 얼마든지 해도 좋다.

한 번은 장인님이 헐떡헐떡 기어서 올라오더니 내 바짓가랭이를 요렇게 노리고서 단박 움켜잡고 매달렸다. 악, 소리를 치고

나는 그만 세상이 다 팽그르 도는 것이,

"빙장님! 빙장님! 빙장님!"

"이 자식! 잡아먹어라, 잡아먹어!"

"아! 아! 할아버지! 살려 줍쇼, 할아버지!"

하고 두 팔을 허둥지둥 내절 적에는 이마에 진땀이 쭉 내솟고 인젠 참으로 죽나 보다, 했다. 그래도 장인님은 놓질 않더니 내가 기어이 땅바닥에 쓰러져서 거진 까무러치게 되니까 놓는다. 더럽다. 더럽다. 이게 장인님인가, 나는 한참을 못 일어나고 쩔쩔맸다. 그러나 얼굴을 드니(눈에 참 아무것도 보이지 않았다.) 사지가 부르르 떨리면서 나도 엉금엉금 기어가 장인님의 바짓가랭이를 꽉 움키고 잡아나꿨다.

내가 머리가 터지도록 매를 얻어맞은 것이 이 때문이다. 그러나 여기가 또한 우리 장인님이 유달리 착한 곳이다.

여느 사람이면 사경을 주어서라도 당장 내어 쫓았지 터진 머리를 불솜으로 손수 지져 주고, 호주머니에 희연 한 봉을 넣어 주시고 그리고,

"올갈엔 꼭 성례를 시켜 주마. 암말 말구 가서 뒷골의 콩밭이나 얼른 갈아라."

하고 등을 뚜덕여 줄 사람이 누구냐.

나는 장인님이 너무나 고마워서 어느덧 눈물까지 났다. 점순

이를 남기고 인젠 내쫓기려니, 하다 뜻밖의 말을 듣고

"빙장님! 인제 다시는 안 그러겠어유!"

이렇게 맹세를 하며 부랴부랴 지게를 지고 일터로 갔다.

그러나 이때는 그걸 모르고 장인님을 원수로만 여겨서 잔뜩 잡아다녔다.

"아! 아! 이놈아! 놔라, 놔."

장인님은 헷손질을 하며 솔개미에 챈 닭의 소리를 연해 질렀다. 놓긴 왜, 이왕이면 호되게 혼을 내 주리라 생각하고 짓궂이 더 댕겼다마는 장인님이 땅에 쓰러져서 눈에 눈물이 핑 도는 것을 알고 좀 겁도 났다.

"할아버지! 놔라, 놔, 놔, 놔라."

그래도 안 되니까

"애 점순아! 점순아!"

이 악장에 안에 있었던 장모님과 점순이가 헐레벌떡하고 단숨에 뛰어나왔다.

나의 생각에 장모님은 제 남편이니까 역성을 할는지도 모른다. 그러나 점순이는 내 편을 들어서 속으로 고수해서 하겠지― 대체 이게 웬 속인지(지금까지도 난 영문을 모른다.) 아버질 혼내 주기는 제가 내래 놓고 이제 와서는 달겨들며,

"에그머니! 이 망할 게 아버지 죽이네!"

하고 내 귀를 뒤로 잡아댕기며 마냥 우는 것이 아니냐. 그만 여기에 기운이 탁 꺾이어 나는 얼빠진 등신이 되고 말았다. 장모님도 덤벼들어 한쪽 귀마저 뒤로 잡아채면서 또 우는 것이다.

이렇게 꼼짝도 못 하게 해 놓고 장인님은 지게막대기를 들어서 사뭇 내려조졌다. 그러나 나는 구태여 피하려고도 않고 암만 해도 그 속 알 수 없는 점순이의 얼굴만 멀거니 들여다보았다.

"이 자식! 장인 입에서 할아버지 소리가 나오도록 해?"

『동백꽃』, 삼문사, 1938

봄, 봄하다

/ 전상국

점순이 갸가 시집 안 간다네.

거 먼 소리야? 즈 아버이가 정해 들인 데릴사위[1] 칠보는 으쩌구?

칠보가 즈 아버이 거시길 할아버지! 소리 나게 움켜잡았다니 그 딸루서 그럴 만두 하지.

아니, 즈 아버이 거시기 하구 지 시집가는 거 하구 뭐가 어때서?

허긴, 둘이서 거시기 잡구 쌈한 일만 해두 그래. 욕필이 영감이 먼저 칠보 거시길 잡았다는 게야. 그러니까루 영감이 칠보한테 내 거시기 움켜쥔 거 다 용서하구 성례시켜 줄 테니 일이나

---

1. 처가에서 데리고 사는 사위

잘하라구 했다잖아.

까탄[2]은 밤낮 일만 하다 말 테냐며 칠보 꼬드겨 쌈 붙인 점순이 고것에 있다니까.

뭬라구, 열여섯밖에 안 된 것이 사낼 꼬드겼다구?

칠보가 뭉태 찾아와 그러더래. 점순이 고것이, 성례 안 시켜 주면 즈 아버이 쉼[3]이라두 잡아채랬다구. 이 바보야, 그러면서.

머여, 그래 놓구선 고것이 이제 와서 성례 안 허겠다? 시상에, 우트게 그런 일이.

점순이, 내 얘기가 그렇게 동네방네 떠돈다는 거 다 알구 있다. 날개 읎어두 퍼지는 게 소문이다. 야학당 부녀회 여자들두 내 얘길 하다가 내가 들어서니까 모두 입을 꽉 다물고 딴청을 핀다. 사람들은 열여섯 살이 으떻게 부녀회 회원이냐구 그런 걸 루두 수군거린다. 그건 야학당 선상님이 내가 성례는 안 했지만 집 안에 신랑 될 사람과 함께 살고 있으니 부녀회 회원이 분명하다구 그랬다는 걸 몰라서들 하는 얘기다. 난 야학당 부녀회두 나가지만 기에 리을 하면 길, 하고 글 배우는 야학에두 나

2. '까닭'의 방언(강원)
3. 수염

가는 학생이기두 하다. 부녀회든 야학이든 난 금병의숙[4] 나가는 게 젤루 좋다. 야학당에선 배우는 것두 많지만 마을 사람들이 사는 이런저런 얘길 들을 수 있는 게 증말 좋다. 수아리골 근식이가 즈네 집 솥 빼 들구 들병이[5] 따라 서울 갔단 얘기두, 실레말 만복이가 소장수한테 계약서 쓰구 마누라 팔어먹은 얘기며 마을에 든 들병이가 뭔 짓을 하고 돌아다녔다는 것두, 음짓말 춘호 처가 한들 이주사한테 몸 팔아 남편 노름빚 갚았다는 그런 소문두 야학당에서 다 들었다. 모두가 집 읎구 땅 읎어 똥꾸멍 째지게 못사는 사람들이 입에 풀칠하기 위해 사람으루 해서는 안 되는 짓을 엄벙덤벙 저지른 그런 얘기들이다. 그런 얘길 하다 보면 울 아부지 욕하는 사람들두 많다. 울 아부지가 김도사집 마름[6]이라 울 아부지헌테 땅 떼인 사람들은 입만 열면 울 아부지 욕이다. 딸만 셋인 울 아부지가 데릴사위 여럿을 갈아 들여 골 빼먹는다는 얘길 하다 보니까 욕을 안 할 수 읎을 게다. 그렇게 욕을 많이 먹어서 그런지 울 아부지가 마을에서 욕을 젤루 잘한다. 그날, 칠보가 울 아부지하구 거시기 움켜잡구 싸우던 날두 야학당 선상님이 실실 웃으면서 울 아부지 욕

---

4. 1930년 김유정이 실레마을에 세운 야학당 이름
5. 들병장수. 병에다 술을 가지고 다니면서 파는 사람
6. 지주를 대리하여 소작권을 관리하는 사람

하는 걸 먼 종이에다 적는 걸 내가 울 넘어루 다 봤다. 을마 전에 내가 선상님, 그때 울 아버지 욕하는 거 머 하러 적었어유? 그렇게 물으니까 선상님이, 재밌잖아요, 그랬다. 욕이 머가 재미 있어유? 그러니까 이번엔 선상님이 글쎄 내 말엔 대꾸두 않구 생뚱하니 이런 걸 물었다.

점순 씨, 국수 언제 먹을 수 있어요?

선상님은 야학당 아이들한테는 언제나 얘 쟤를 하면서 열여섯 살 나한테는 꼭 점순 씨 점순 씨 한다. 그래서 내가 점순 씨 그렇게 부르면 부끄럽다구 하니까 선상님이 그랬다. 점순 씬 부녀회 회원이잖아요. 부녀회 회원들은 모두 어른입니다. 그러니까 합쇼를 해야 맞습니다.

선상님은 은젠간 나한테, 점순 씨, 이름이 왜 점순입니까? 낯짝에 점도 없는데…, 했다.

그때 난 낯짝이 뜨거워 혼났다. 가슴까지 팡팡 뛰면서 선상님 얼굴두 쳐다볼 수가 읎었다. 그런 걸 나헌테 물어본 사람은 데련님(우린 선상님을 데련님이라구 부르는 걸 더 좋아한다.)이 츰이다. 허지만 난 그때 데련님 말에 아무 말도 할 수가 읎었다. 왜냐면 낯짝엔 읎는 점이 내 응데이[7]에 아주 크다랗게 있기 때

7. '엉덩이'의 방언(강원)

문이다. 그래서 울 아부지가 내 이름을 점순이라구 지었다구
한다. 그래야 담에 아들을 낳을 수 있다구 했지만서두 우리 집
대문 새끼줄엔 여태꺼정 빨간 고추는 한 번두 안 걸렸다. 아이
고, 얘기가 딴 데루 흘러가구 말았다. 데련님이 국시[8] 언제 먹을
거냔 말에 내 주둥이에서 쏙 튀어나온 고눔에 고 말.

나 시집 안 갈 테야유!

내가 한 말에 내가 더 놀랬다. 시집 안 간단 생각을 지금꺼정
단 한 번두 해 본 적이 읎으니까 말이다. 근데 내가 왜 그런 말
을 했는지 진짜루 모르겠다. 그냥 여자애들한테 은제 시집 가
냐구 하면 시집 안 간다고 하는 그런 걸루 한 말인지두 모른다.
근데 데련님이 시집 안 간다는 내 말에 깜짝 놀라는 거였다. 야
학당에 있던 다른 사람들두 어머어머 무슨 일이야? 하며 모두
내 입을 쳐다보는 거였다. 그때 나두 내가 한 말에 다시 놀랬다.
그렇게 놀란 바람에 또 엉뚱한 소릴 해 버렸지 뭐냐. 그땐 증말
루 내가 미쳤었나 부다.

이뿐이두 죽을 때까지 시집 안 간다던데유.

수작골 사는 이뿐이가 자긴 절대루 시집 안 간단 말을 나한

----

8. '국수'의 방언(강원)

테 한 적이 있다. 이뿐이는 요즘 야학당에 공부하러 잘 나오지 두 않는다. 맨날 혼자 산속을 헤매고 다니고 있다는 거 나는 잘 안다. 데런님하구 그랬대는 소문 땜에 이뿐이가 요즘 많이 힘들어서 그런 거다. 그 일루 도사댁 마님이 데런님 서울 올라가라구 했다는 얘기두 들었다. 나두 사람들 그 귓속 얘기가 맞는가 싶어 은젠가 이뿐이한테 곧바루 물어봤다.

너 데런님하구 그랬대지?[9]

근데 내가 뭐, 왜 그랬냐구 따져 물은 것두 아닌데 이뿐이가 갑자기 잉잉 울음을 터뜨리는 거다. 그러더니, 나 죽을 때까지 시집 안 간다, 그랬다. 데런님과 그랬다면 데런님한테 시집가야 하는데 이뿐이는 데런님네 종이라 그게 안 되니까 그런 말을 했을 거다. 이뿐이가 데런님과 그런 일로 즈 어머이한테 매두 엄청 맞았다는 거 나는 다 알구 있다. 이뿐이가 너무 불쌍하다. 그래서 이날은 내가 일부러 데런님한테 이뿐이 맘을 요맨큼이라두 전해 주구 싶어 시집 안 간단 말을 했는지두 모른다. 데런님 땜에 이뿐이가 얼마나 힘들어하구 있는지 알구나 있느냐구, 그렇게 막 퍼대구 싶었으니까 말이다.

아니 점순씨 왜 울어요?

9. 김유정의 「산골」에 나오는 말

근데 데련님은 이뿐이가 시집 안 간다는 내 말엔 대꾸도 않구 오히려 나한테 왜 우느냐고 물었다. 나는 사실 그때 이뿐이가 시집 안 간다는 말을 하면서 왈칵 눈물이 쏟아졌다. 이뿐이 처지가 불쌍해서 그런 거지만 사실은 나두 이뿐이처럼 데련님을 좋아하고 있는 건 아닌가 그런 생각이 살짝 들었던 거다. 난 이뿐이처럼 키두 크지 않구 이뿌지두 않지만 데련님을 속으루 되우 좋아했다. 그러니까 괜히 데련님이 야속하고 미울 수밖에. 그래서 나두 모르게 눈물이 쿡 났을 거다. 내가 데련님 앞에서 시집 안 가겠다고 한 거두 나두 잘 모르는 그런 맘이 홀라당 튀어나왔는지두 모르겠다.

말 속에 뼈[10] 있다구 했다. 데련님이 야학당 부녀회에서 우리한테 이런 얘길 한 적이 있다. 앞으룬 시상이 많이 바뀔 거라구. 결혼두 아부지 어머이들이 정해 놓은 대루 하는 게 아니라 남자 여자가 서루 좋아서, 서루가 연모(사랑과 같은 말이랬다.)해서 신랑 각시가 되는 그런 세월이 금방 올 거라구 했다. 서울에 선 실지루 양반 쌍껏 가리지 않구 사랑을 하구 그렇게 좋아하는 사람들끼리 신랑 각시가 된다구 말이다. 데련님이 이뿐이한테두 그런 얘길 했으니까 이뿐이가 데련님과 그랬을 게 틀림이

---

10. 뼈

읎다. 그래서 나두 그렇게 존[11] 시상이 올 때까지 시집 안 갈 거라고, 아마 그런 내 맘을 한번 얘기하구 싶었던 게 아닌가 싶기두 하다.

근데 일이 크게 나구 말았다. 말은 헷바닥 베는 칼이라지만, 내가 데런님 앞에서 무심코 한, 나 시집 안 간단 그 말이 그렇게 새낄 무섭게 칠 줄 나는 증말 몰랐다. 마을 어른들은 나만 보면 코를 힁 풀어 제치거나 어허 참 시상에! 이러면서 아주 벌레 씹은 낯이다. 덕돌 어머이두 나를 보더니 뭘 혼잣소릴 하며 쌩하니 지나간다. 저늠의 지즈배[12]가 사내놈 하나 또 잡아 처먹겠구나. 덕돌 어머이가 뭔 얘길 하는지 나는 알구 있다. 을마 전 있던 일이다. 어느 날 저녁 늙은 총각 덕돌네 집에 열아홉 살 먹은 나그네가 하나 들었다. 덕돌 어머이는 이게 웬 떡인가 싶어 나그넬 살살 꽤[13] 덕돌이하구 결혼을 시키기까지는 증말 잘한 일이다. 근데 글쎄 고것이 신랑 덕돌이 바지저고리만 달랑 훔쳐 가지구 도망을 쳤지 뭐냐. 낭중에 알구 보니까 글쎄 고것이 한들 물레방앗간에 즈 병든 남편을 숨겨 놓고 와 그짓[14] 결

....
11. 좋은
12. '계집애'의 방언(강원)
13. 꾀어
14. 거짓

혼을 한 거였다. 그러니 장가갔다고 좋아하던 덕돌이 닭 쫓던 똥개 상이 될 수밖에. 그날 뒤루 덕돌이 즈 집 방구석에 이불 뒤집어쓰구 자빠졌으니 즈 어머이 속이 으떻겠는가 그 말이다.

덕돌이두 덕돌이지만 나야말루 증말 큰일 났다. 내가 시집 안 간다고 한 그 말이 산 넘구 산 넘어 실성한 사람처럼 맨날 산속을 허매구 쏘다니는 이뿐이한테까지 들어간 모양이다. 이뿐이가 날 찾아와 도끼눈을 하구 따졌다.

점순아, 너두 데련님하구 그랬지? 대뜸 이러는 거다. 내가 데련님하구 뭘? 하니까, 데련님하구 그러지 않구서 으떻게 데련님한테 시집 안 갈 거라고 그런 말을 했느냐구? 그거다. 내가 언제 데련님한테 시집 안 간다구 했느냐, 그냥 나 칠보한테 시집 안 간다구 했다니까, 그러니까 이뿐이가 또 이러는 거다. 바루 그거라구, 너 느 집 데릴사위한테 시집 안 간다구 한 건 데련님하고 그랬기 때문에 그러는 거 아니냐며 더 매섭게 따졌다. 난 증말 데련님이 내 뺨따귀 물어뜯은 적 읎다구, 죽어두 그런 일이 읎다구 했더니, 그제서야 이뿐이가 안심한 낯으루 돌아갔다.

봄 꿩이 지 울음에 죽는다는 으른들 말처럼 드디어 내가 한 말이 울 어머이 귀까지 들어오구 만 거다. 울 어머이가 내 등짝을 후려치며 말했다. 이년아, 너 시집 안 간단 그 말, 느 아부지 들으면 너 죽어, 그러는 울 어머이 된통 겁난 낯판이다. 증말 울 아부지 알면 나 죽는다. 우리 언니두 그전에 시집 안 간다구 그 랬다가 아부지한테 매 맞는 거 내가 많이 봤다. 우리 언닌 아 부지한테 귀때기를 을마나 맞았는지 지금꺼정두 두 쪽 귀가 다 잘 안 들린다.

그렇지만 나 울 아부지가 그 말 들었어두 벨루 겁나지 않는 다. 너 이년, 시집 안 간다니 그게 뭔 소리냐? 그러면 나 이럴 거니까 말이다. 아부지 거시기 움켜잡은 그런 만무방[15]한테 내 가 으떻게 시집을 가란 말이에유, 이러면 울 아부지가 어흠어흠 계면쩍어하면서 이럴 거다. 이년아, 칠보, 갸 사람이 좀 미욱하 긴 해두 그만 한 신랑감은 읎다 읎어.

그리구 칠보가 나 시집 안 간단 그 소문 들었어두 나 하나두 겁나지 않는다. 그런 얘길 들어야 지두 정신 바싹 차리구 빨랑 성례시켜 달라구 울 아버지한테 조를 거 아닌가 그런 말이다. 히히, 또 모른다. 칠보가 이제 와서 시집 안 온다니 거 뭔 소리 냐구 벼락같이 화를 내면서 그 큰 두 팔루다 날 번쩍 들어올려 (아부지들이 애기가 귀여우면 하늘 높이 쳐들어 올리는 그런 거 말 이다.) 주장질을 시킬는지두. 그럼 난 간지러워 막 웃으면서 갈래 유, 시집 간다니까유, 그러면 칠보가 헤벌쭉 웃으면서 나를 내려 놓을 게 틀림이 읎다.

....
15. 염치가 없이 막된 사람

근데 그건 내 생각이구, 칠보 그 멍청이가 나 시집 안 간다는 말에 그만 풀이 죽어 즈 홀어머이 사는 두룸실루 돌아갈지두 모른다. 그건 증말 안 되는 얘기다. 아니, 그래두 좋다. 그래두 나는 자신 있다. 내가 두룸실 모래재 서낭당까지 가서 호이호 호오이! 하구 입으루 꾀꼬리 소릴 내면 칠보가 금방 알아채구 나올 거니 말이다. 칠보가 나 쳐다보는 게게 풀린 그 눈만 봐두 나는 안다. 칠보가 날 을마나 좋아하는지.

그러니까 난 아무 걱정이 읎다. 사람들두 다 그런다. 성례는 안 했어두 삼 년 하고 꼬박이 일곱 달 데릴사위면 칠보는 이미 내 신랑이라구. 신랑 각시루 우리 둘이 잘 맞는다는 얘기들두 많이 한다. 칠보가 좀 미욱해두 내가 잘 맞춰 살 거라구.

근데 칠보하구 나하구 신랑 각시란 소릴 듣기엔 뭔가 좀 그런 게 있긴 하다. 칠보가 내 뺨따귀를 물어뜯는 그런 일이 아직 읎 었으니까 하는 얘기다. 데련님과 이뿐이가 그랬다는 것두 데련 님이 이뿐이 뺨따귀를 잘근잘근 물어뜯은 그 일을 두구 하는 얘기라는 거 나는 다 안다. 성례는 그렇구 그런 걸 하는 총각 하구 색시가 즈덜이 그랬다는 걸 남들한테 대놓구 알리기 위해 하는 거라는데 우린 아직 그런 일이 요맨큼두 읎었으니까 그게 좀 그렇다는 거다.

그래서 그날 내가 새고개 맞은 봉우리 화전밭에서 혼자 밭을 갈구 있는 칠보한테 눈 딱 감고 그런 말을 했던 거다. 동백꽃[16] 꽃내가 환장하게 나던 그날은 이상하게 가슴이 할랑할랑, 맘두 싱숭생숭, 뺨까지 화끈화끈, 에라 모르겠다 하고, 맨날 일만 하다 말 테냐! 구, 칠보를 꼬신 건데 그 바보가 것두 모르구 울 아버지 거시기는 왜 잡아 나꿨느냐 그 말이다.

　근데 증말 큰일 났다. 요 메칠 새 칠보 거동이 되우 수상쩍다. 먼 소리를 어떻게 들었는지 몰라두 며칠째 행랑방에 처박혀 일절 낯판대기를 안 내민다. 새벽에 끓여야 하는 쇠죽두 안 끓이구 잎 피기 전에 산에 올라가 낭구[17]두 해 와야 하는데 노란 동백꽃이 다 지구 삐쭉하니 잎이 올라오는 데두 기척을 안 한다. 울 아부지두 거시기 일 뒤루는 칠보 대하기를 상전 모시듯 슬슬 눈치를 보느라 칠보가 방에 처박혀 나오지 않아두 아뭇소릴 안 한다. 일만 잘하면 성례시켜 준다고 했는데두 저 멍텅구리가 방에 처박혀 안 나오니 지금 울 아부지두 애가 많이 탈 거다. 그렇다고, 저년이 철 읊어 그런 소릴 떠들고 다녔다고 나를 나무라치며 올 봄 넘어가기 전에 성례를 치러 주겠다고 할

___

16. 생강나무. 잎이 나기 전 노란 꽃이 피는, 강원도 아리랑에 나오는 〈동박〉
17. '나무'의 방언(강원)

울 아부지가 아니라는 거두 나는 잘 안다. 그러기는커녕 울 아부지가 더 참지 못하구 이놈에 새끼, 새경[18] 쳐 줄 거니 느 집에 가라고 하면 그땐 일이 좀 이상하게 벙그러질 수도 있다, 그런 말이다.

메칠이 지났다. 근데 그 메칠이 드럽게 길다. 그렇다고 내가 헛소리했다구, 나 시집갈 거라구 하면서 나설 수는 읎잖은가 그 말이다. 나 그렇게 시집가면 울 어머이처럼 아부지한테 끽소리 못하고 쥐여 살아야 한다는 거 잘 안다. 난 그게 증말 싫다. 신랑이랑 색시는 서루 눈을 맞추구 알콩달콩 얘길 나누면서 살아야 한다구 야학당 선상님이 그랬는데 울 어머이 울 아부지 사는 거 보면 그게 이응 아니니까 이참에 칠보 씰 우리 집 워리[19]처럼 내 옆에서 살랑거리게 길들이지 않으면 안 된다, 는 걸 다 부지게 맘먹고 있는 중이다.

아, 존 생각이 하나 났다. 야학당 선상님, 아니 데련님을 찾아가 이 일을 으떻게 해야 좋으냐구 물어보면 좋겠다는 생각이 난 거다. 데련님 땜에 생긴 일이니까 데련님이 칠보 만나 잘 얘기하

---

18. 머슴이 주인에게서 한 해 동안 일한 대가로 받는 돈이나 물건
19. 시골에서 개를 부르거나 개를 일컫는 말

면 그까짓 거 아무것두 아니게 풀릴 수 있을 거 아닌가 말이다.

근데 일이 이상하게 꼬인다. 데련님이 어제 서울루 갔다지 뭔가. 다시는 데련님이 마을에 안 돌아올 거라는 얘기두 들린다.

그런데 데련님이 서울 올라가니까 증말루 죤 사람이 하나 있다. 이뿐일 진짜루 좋아하는 석숭이다. 이참에 석숭이가 이뿐일 자기 색시 만들기 위해 가만히 있지 않을 거란 생각이다. 저번 때 이뿐이가 나한테 왜 시집 안 간다는 말 했느냐고 따지러 왔다가 돌아갈 때 한숨을 폭폭 내쉬면서 한 말이 있다. 아무래두 송충이는 솔잎 먹고 살아야 할 거 같다구.

오늘두 칠보는 문밖에 얼씬두 안 한다. 건성으루 그러는 게 아니라 증말 무슨 병이 난 게 틀림읎다. 어흠 허흠 하며 울 아부지 담뱃대 탁탁 터는 소리만 들어두 덜컥 겁시 난다.

아이고! 일이 별나게 터지고 말았다. 온수뜰 덕돌이가 미친 거다. 그짓 결혼한 색시가 도망간 뒤 집밖에 얼씬두 안 하던 덕돌이가 동네방네 돌아다니면서 우리 색시 여기 왔나유. 우리 이쁜 색시 어디 있는지 가르쳐 줘유. 이 정도면 정말 되우 실성을 한 거다. 덕돌네 어무이두 그런 아들 뒤를 따라다니면서 애 덕돌아, 이눔아, 왜 이래, 왜 이러느냐구, 이눔아 제발… 하면서 징징 울고 다닌다.

가슴이 덜컥 내려앉는다. 우리집 칠보 생각을 한 거다. 칠보가 덕돌이마냥 마을 집집을 돌아다니면서 우리 점순이 어딨지유? 점순이 키 안 커두 좋아유. 나 점순이한테 장가갈래유. 그러면서 다닌다는 생각만 해두 아이구 진짜루 웃긴다. 칠보가 잠깐 뒷간 갈 때 보니까 눈빛이 좀 이상한 것두 같았다. 아무래두 안 되겠다. 소 잃구 외양간 고쳐서 뭐 하느냐, 그 말이다.

편지를 썼다. 치자에 리을 하면 칠, 비읍에 오 허면 보. 야학당에서 배운 대루 썼다. 글씨 쓰기가 너무 어려워 한 줄밖엔 못 썼지만 할 말은 다 했다.

칠보 씨, 우리 빨랑 봄봄해유.

봄봄하자구 썼다. 봄봄, 야학당 데련님하구 우리하구만 통하는 말이다. 데련님은 날씨가 좋아두 아, 봄봄하다, 노란 동백꽃 냄샐 맡으면서두 봄봄하다, 어떤 애가 뒷간에 갈 때두 너 지금 봄봄하러 가는구나, 그래두 우린 다 알아듣구 키득키득 웃었다.
근데 우리 칠보 씨가 그런 걸 알 리가 없다. 봄봄은 커녕 아예 글씨두 한 줄 못 읽으니까 뭉태를 찾아가 머라구 쓴 건지 읽어 달라구 할 게 뻔하다. 허지만 뭉태두 '봄봄해유'가 먼지 알 수가 읎을 거다. 히힛. 그럼 낭중에 칠보 씨가 물동이 이구 가는 내 뒤에까지 따라와서 이렇게 물을 거다. 그거 뭔 소리유? 봄봄하자는 거.

그럼 난 물동일 길바닥에 내려놓구, 바보 바보! 그러면서 칠보 씨 가슴에 낯을 폭 묻을 거다. 이런 게 봄봄하는 거예유, 하면서.

봄밤

／ 김도연

뒷산에서 소쩍새 한 마리가 울고 있다.

봄날이 다 가고 있는데도 저 소쩍새는 울음을 그치지 않고 있다. 다른 새들은 초봄에 일찌감치 짝을 찾았는데 저 소쩍새는 아직도 짝을 찾지 못한 모양이다. 울려면 어디 먼 데 가서 울지 꼭 우리 집 뒷산에서만 운다. 그것도 새벽까지. 얼마나 울었는지 목까지 쉬었다. 소쩍— 소쩍— 이렇게 우는 게 아니라 이가 다 빠진 노인네가 말하는 것처럼 울고 있다. 우는 건지, 노래하는 건지 분간조차 되지 않는다. 내 귀에는 꼭 흐느끼는 것처럼 들린다. 대체 저렇게 울면 어느 암컷이 좋다고 하겠는가. 나라도 찾아가지 않겠다. 하는 짓이 꼭 마당 옆 행랑에서 세상 물정 모르고 코나 드렁드렁 골며 잠을 자는 바보 멍텅구리 칠

보와 꼭 닮았다. 아이고! 저 바보 멍텅구리 생각을 하니 오던
잠이 싹 달아나 버렸다.

"…나이가 열 살이나 많으면 뭐 하나. 생각하는 건 어린앤데."

"언니, 누구 얘길 하는 거야?"

"니는 몰라도 된다."

"나도 알 건 안다. 칠보 아저씨 말하는 거지?"

"꼬맹인 잠이나 자라!"

"근데 칠보 아저씬 언니 신랑이야, 우리 집 머슴이야?"

점순은 이불 속에 누워 눈만 말똥히 뜬 여동생의 머리에 꿀
밤을 톡 먹였다. 여동생은 자라처럼 이불 속으로 머리를 감췄
다. 점순은 이불을 밀치고 벌떡 일어나 앉았다. 생각할수록 열
불이 치솟았다. 문창호지를 통과한 달빛이 방 안을 은은하게
물들이고 있는 밤이었다. 목이 쉰 소쩍새의 울음은 그치지 않
았다.

"아휴, 저것도 노래라고!"

음치 중에서도 으뜸인 음치가 틀림없는 소쩍새였다. 점순은
한숨을 포옥 내뱉었다. 여동생이 이불 속으로 감췄던 머리를 슬
그머니 내밀었다.

"삼 년 동안이나 불렀으면 좀 나아지기라도 해야지… 갈수록
엉망이야!"

"언니는 키가 하나도 안 컸잖아."

"야, 엄마가 참새만 한데 내 키가 어떻게 크니!"

보름에 가까운 달이 마당을 훤하게 비추고 있다. 점순은 토방의 테두리에 올망졸망 놓인 호박돌 위에 걸터앉아 실레마을에 떠 있는 달을 바라본다. 키가 커지게 해 달라고 달에게 빌고 또 빌었지만 별 소용이 없었다. 마을 입구의 서낭당에 가서 빌었고 금병산 중턱의 산신당에 가서도 절을 한 뒤 쪼그려 앉아 두 손을 비볐다. 그게 벌써 이태가 되었건만 키는 늘 제자리다. 키는 이미 다 자라 버린 게 분명했다. 그래도 혹시나 하는 마음에 방 안의 벽에다 눈금을 그어 놓고 틈만 나면 재어 보았지만 다 헛수고였다. 나중에야 알았다. 그게 아버지의 치밀한 꿍꿍이였다는 것을. 실레마을에서 그 사실을 모르고 있는 건 행랑에서 코를 고는 저 바보 멍텅구리 칠보밖에 없다. 목이 쉰 소쩍새는 잠깐 쉬었다가 다시 울고 점순은 아직 다 차오르지 않은 달을 지워 버리기라도 하듯 한숨을 올려 보냈다.

그런데 이게 웬일! 달이 바보 멍텅구리의 얼굴로 변해 버리다니. 점순은 두 손으로 눈을 비비고 또 비볐다. 달 속의 칠보는 꾀꼬리보다 더 감미로운 소리로 노래하고 있으니….

"…밤이 늦었는데."

점순이 발끝으로 톡톡 건드려 잠을 자고 있던 칠보를 깨웠다. 칠보는 놀란 얼굴로 눈곱을 떼고 입가에 묻은 침을 닦으며 점순을 멀거니 바라보았다. 점순은 문고리를 걸고 등잔불빛이 마당으로 새어 나갈까 염려하여 칠보가 덮고 있던 담요로 문을 가렸다. 방 안은 한결 아늑해졌다.

"…이게 다 뭐야?"

"야참 가져왔어."

"장인님이 알면…."

"자고 있어. 빨랑 먹기나 해!"

목 쉰 소쩍새가 우는 밤 점순은 막걸리를 잔 가득 따라 주고 쑥떡이 담긴 그릇을 칠보 앞으로 내밀었다. 잠이 덜 깬 얼굴의 칠보는 막걸리 한 사발을 들이켰고 점순은 그 모습을 말끄러미 들여다보았다. 다 마실 때까지. 막걸리를 마시면서도 칠보는 점순의 표정을 읽느라 바빴다. 오밤중의 이 상황이 대체 어찌된 까닭인지 몰라서. 잔을 비우고 트림을 내뱉자 점순이 재빨리 손을 내밀었다.

"나도 한 잔 줘."

"술 마실 줄 아나?"

"답답해서 마실란다!"

"근데 점순이 니는 나이도 한참 어린 게 왜 꼬박꼬박 반말을 하냐?"

"니 하는 짓이 애 같아서 그런다."

"애라고? 내가?"

퀴퀴한 냄새가 나는 행랑이었지만 그래도 깊어 가는 봄밤에 아버지 엄마 몰래 칠보랑 마시는 술은 나름 운치가 있었다. 낮에 김매느라 다리가 아프다며 슬그머니 한쪽 다리를 내밀면 칠보는 주물러 주기는 고사하고 찔끔 놀라 뒤로 물러나다가 결국 바람벽까지 밀려나 버렸다. 저러니 바보 멍텅구리 소리를 듣는 것이다. 점순은 한숨을 토한 뒤 작심을 하고 입을 열었다. 뒷산의 소쩍새는 흑— 흑— 울었다.

"니는 내가 좋나?

"…좋다."

"나랑 성례를 올리고 싶나?"

점순은 바람벽에 막혀 더 이상 뒤로 물러날 수 없는 칠보의 얼굴 가까이 다가가 물었다. 막걸리 냄새를 풍기는 입으로.

"그래."

"좋아. 그럼 지금부터 니도 뭉태에게 들어 어느 정도 알고 있는 우리 집 상황을 얘기해 줄게. 우리 집은 아들이 없다. 딸만 셋이다. 그건 뭐냐 하면 일할 남자가 없다는 얘기나 마찬가지야. 아버지는 우리 언니가 열 살 때 처음 데릴사위 들였어. 그때

나는 다섯 살이었고. 언니는 재작년 열아홉 살에 시집갔어. 그동안 들인 데릴사위가 총 열 명이고. 아버지가 돈 한 푼 안 쓰고 데릴사위들을 십 년 동안이나 공짜로 부려먹은 거지. 내가 열 살이 되자 이번엔 나한테 데릴사윌 들였지. 이 방에서 언니의 데릴사위와 내 데릴사위 두 명이 함께 지낸 적도 있어. 니이전에 내 데릴사위가 두 명 있었는데 둘 다 딱 일 년을 채우고 도망가 버렸다. 아버지 의돌 눈치챈 거지. 그리고 지금 니가 세번째야. 여기 온 지 얼마나 됐어?"

"햇수로 치면 사 년. 정확히는 삼 년 칠 개월째."

"그건 정확히 기억하네."

점순은 쑥떡을 먹었고 칠보는 막걸리를 마셨다. 목이 쉰 소쩍새는 제 목소리로 울지 못하고 계속 흐느끼기만 했다. 쑥떡을 삼킨 점순은 다시 물었다.

"내 동생 나이가 몇인지 알아?"

"…여섯 살."

"니 나이는 올해 몇이야?"

"스물여섯."

"그래. 그럼 니랑 나랑 계산상으론 언제 성례를 올릴 것 같냐?"

"…그걸 내가 어떻게 알아. 장인님 맘에 달렸는데."

"아휴, 속 터져! 그래서 니가 바보 멍텅구린 거야! 이 바보야, 아무리 빨라도 내 동생이 열 살이 돼야 데릴사윌 들일 거 아냐. 아버지한텐 그래야 새 일꾼이 생기는 거고. 그럼 몇 년 남았냐?"

칠보가 머리를 긁적거렸다.

"…사 년."

"사 년 뒤면 니 나이가 몇 살이야?"

"…서른."

"그럼 총 몇 년을 이 집에서 데릴사윌 사는 거냐?"

"팔 년…"

칠보의 표정이 급격하게 어두워졌다. 막걸리 한 사발을 단숨에 삼켜 버렸다. 소쩍새는 이제 지쳤는지 울음의 간격이 점점 멀어졌다. 한 번 흐느끼고 한참을 쉬었다가 잊을 만하면 다시 흐느꼈다. 점순은 실의에 잠긴 채 바람벽에 기대 있는 칠보에게 무릎걸음으로 다가갔다. 두근거리는 마음을 숨긴 채.

"내 키가 가을이 되면 요만큼 커질 거 같아?"

점순이 벌린 엄지와 검지의 넓이를 칠보가 헤아리더니 고개를 저었다.

"맞아. 양쪽에서 잡아당긴다 해도 안 커질 거야. 만약에 커진다 해도 아버진 내 동생이 최소한 열 살이 돼 데릴사윌 들일 수

있을 때까진 절대 성례를 올려 주지 않을 거야. 이유야 만들면
되니까 말이야. 니가 다른 데릴사위들처럼 도망가면 새로 사람
을 들일 테고. 그때까지 버틸 자신 있어?"

칠보는 목이 쉰 소쩍새처럼 고개를 떨어뜨렸다. 바보 멍텅구
리 같으니. 거짓일망정 고개를 끄떡거리지 않네. 괜히 모든 걸
알려 줬나. 이러다 아침 해 뜨기도 전에 자기 집으로 가 버리는
건 아닐까. 점순은 억지로 침을 끌어 모아 혀로 입술을 적셨다.
이불 속으로 발을 디밀어 칠보의 발을 찾아 발가락으로 슬쩍
건드렸다.

"나는 니가 좋아. 니는?"

"…나도. 하지만…."

"알아. 니 입장이 어떤지. 그래서 내가 이 오밤중에 니 방에
찾아온 거야. 뭔가 방법이 있을 거야."

"어떤 방법이 있는데?"

"우리가 일을 저지르면 된다."

"무슨 일?"

"아이고, 이 바보 멍텅구리!"

점순은 상을 옆으로 밀어 놓고 바람벽에 기댄 채 오도 가도
못 하는 칠보의 곁으로 다가가 어깨를 기댔다. 몸살에 걸린 것
처럼 칠보는 온몸을 부르르 떨고 있었다. 한동안 잠잠하던 소

봄밤   65

쩍새가 기운을 회복했는지 소쩍— 하고 제법 운치 있게 울었다. 점순은 이불을 끌어와 나란히 뻗은 다리를 덮었다. 두 사람의 허벅지가 이불 속에서 맞닿자 서로의 따스한 체온이 전해졌다. 소쩍— 소쩍— 오랜만에 신이 난 듯 소쩍새가 노래했다. 점순은 칠보의 어깨에 얼굴을 기댄 채 듬직한 사내의 심장이 뛰는 소리를 들었다. 마치 외양간을 뛰쳐나온 화소 한 마리가 쿵쿵거리며 달려가는 것 같았다. 점순은 이불 위에서 어쩔 줄 몰라 하는 칠보의 손을 자신의 봉긋한 가슴으로 끌어왔다. 아무리 성질 사나운 화소도 부드러운 것 앞에서는 꼬리를 낮추는 법이었다.

"궁금한 게 있어."

"뭔데?"

"사내들은 거길 잡아당기면 그렇게 아프나?"

얼마 전 아버지와 칠보가 싸우다가 아랫도릴 잡아당기자 서로 번갈아 할아버지! 소리를 내뱉은 걸 두고 하는 말이었다.

"이루 말할 수 없이 아프다. 정신이 나갈 지경이다!"

"그래?"

"오죽하면 장인님이 내게 할아버지라고 불렀겠어."

"지금은 괜찮나?"

"괜찮다."

점순은 이불로 가려진 칠보의 아랫도리 근처를 바라보았고 칠보는 점순의 젖가슴에 올려놓은 손을 떼지 않고 있었다. 밤이 깊어 가자 소쩍새는 이제 졸음이 가득 묻어 있는 듯한 소리로 노래했다. 어쩌면 이 봄의 마지막 소쩍새 울음일 것이다.

"아버지가 엄청 세게 잡아당기는 거 같던데… 진짜 괜찮나?"

"괜찮다니까!"

"…그럼 진짜 괜찮은지 어디 한번 보자?"

"…왜 보려 하는데?"

"만약 고장 났으면 니 소원인 아들 못 날 거 아냐."

"고장 안 났다!"

그때 천둥이 치듯 문이 벌컥 열렸다. 문고리가 뽑혔고 문을 가렸던 담요가 방바닥으로 떨어졌다. 바깥에서 와락 몰려든 바람에 등잔불이 애처롭게 춤을 추다가 꺼져 버린 게 그나마 다행이었다. 깜깜해서 아무것도 보이지 않게 되었으니까. 지게작대기를 든 아버지였다. 한달음에 방으로 뛰어든 아버지의 지게작대기가 도리깻열처럼 점순과 칠보에게로 날아왔다. 천장이 낮아 걸리는 데가 많은 게 그나마 다행이었다. 지게작대기에 맞으면서도 점순은 행복했다. 칠보가 너럭바위처럼 넓은 가슴으로 참새만 한 점순을 어느새 꼭 껴안아 주었기 때문이다. 매질이 멈추지 않는데도 칠보는 평소처럼 아버지께 대들지 않고 그 매를 묵묵히 견디는 것 또한 신기했다. 점순은 칠보의 품에서 따뜻한 눈물을 찔끔 흘렸다.

소쩍새 우는 흐뭇한 봄밤이었다.

미행

/ 한정영

"내 기필코 오늘은….."

마침내 점순이가 사립문을 나서는 걸 보고, 칠보는 주먹부터 꾹 눌러 쥐었다. 외양간을 슬쩍 돌아 나오며 어금니까지 물고는 가만히 담 너머를 살폈다. 점순이가 허연 보퉁이를 끌어안고 갯가 쪽으로 종종걸음을 쳤다.

칠보는 숨죽이며 따랐다. 꼭 점순이 눈썹만큼 모자란 보름달이 칠보의 머리꼭대기에서 무동을 탔다.

키는 작아도 걸음은 어찌나 빠른지, 점순은 그새 개울 앞에 서더니 얼른 신발을 벗고 버선까지 주워들었다. 뒤미처 검정 치마를 둘둘 말아 가슴팍에 올렸는데, 뽀얀 종아리가 달빛에 더 희게 빛났다.

"흐미…"

절로 눈이 예닐곱 번이나 껌벅댔다. 이날 입때껏 푸른 힘줄 선연한 팔뚝 한 번 보는 것도 쉬운 일이 아니었으니, 칠보로선 침이 꼴깍 넘어갈 판이었다. 게다가 점순이가 물살에 허청대듯 하다가 어느 참에 허벅지가 슬쩍 보이다 말았다. 그 순간에는 아예 숨이 탁 멎는 듯했다.

하지만 그도 잠깐, 개울을 건넌 점순이는 야트막한 둔덕을 올라 논길을 따라 걸었다. 칠보는 점순이 그림자가 그 길 끄트머리, 이 참봉네 토담 아래까지 이르렀을 즈음 허겁지겁 물을 건넜다.

'그나저나 오늘은 왜 혼자여?'

담벼락에 붙어서 토담 길 저 너머를 힐끗 바라보고, 칠보는 고개를 갸웃거렸다.

'오호라! 이젠 훼방꾼 없이 대놓고 수작질을 하겠단 거여?'

이리저리 재 볼 것도 없이 댓바람에 부아가 치밀었다.

점순이가 수상쩍은 밤마실을 나서기 시작한 건, 달포가 훨씬 넘었다.

그날따라 재 너머로 봉선화 꽃잎처럼 붉은 노을이 유난히 짙었다. 그 해거름에 구장님 댁 거느림채에 드난살이하는 묘순이

가 사립문 앞에 나타났다. 점순이와 둘도 없는 동무였다. 깨알을 잔뜩 뿌린 듯 주근깨가 가득한 얼굴로 두리번거리기에, 마당을 쓸던 칠보는 턱짓으로 사랑방을 가리켰다.

그길로 사랑방으로 들어간 묘순이는 밥때가 되었을 즈음, 점순이와 함께 되돌아 나왔다. 가슴팍에는 자그만 보퉁이 하나를 꼭 끌어안았다.

"해 저물었는데 어딜 가려구?"

"님도 보고 뽕도 따러 가지요!"

넌지시 딴청을 하며 물었는데, 대답은 묘순이가 했다. 말본새가 되양되양하여 한마디 쏘아붙일까, 하다가 그만두었다. 칠보는 피식 웃는 걸로 넘겼다. 하긴 뭐, 어느 동무 집에 가서 자수라도 놓겠지, 하고 말았다.

그리 시작된 점순이의 밤마실은 사나흘에 한 번 꾸준히 반복되었다. 대부분은 묘순이가 와서 데려갔다.

뒤를 밟아야겠다고 생각한 건, 보름 전이었다. 님도 보고 뽕도 딴다는 말이 내내 체기처럼 가칫거렸던 탓이다. 게다가 나날이 머리치장이 늘어나고, 옷매무새도 오래 만졌다.

'도대체 이 가시나가 밤마다 어딜 쏘다니는겨!'

그날따라 점순이가 대낮부터 감자를 삶는다며 광을 들락거리고 부엌 안팎을 서성댔다. 그러고는 해가 지자마자 삶은 감자

한 보퉁이를 끌어안고 또 밤길을 나서는 것이었다. 칠보는 소여물을 썰던 작두를 팽개치고 따라나섰다.

개울을 건너 토담길 끝머리에 묘순이가 기다렸다.

"그 보따리는 어쩐 것이여?"

묘순이가 점순이를 반기며 대뜸 물었다.

"눈독 들일 거 없구먼. 현석 씨 주려고 감자 삶은 것이여."

"현석 씨? 하긴 서울 사람들은 그리 부른다고…. 가만, 그럼 뭐야?"

"응?"

"오메! 서방님 밤참 부리는 것인가베?"

"하이고. 기집애! 무슨 말을…. 누가 들을까, 겁나는구먼."

"그깟 거, 또 겁날 건 뭐여. 그리 되면 조왕신께 감사하믄 되지. 하긴 현석 씨만 한 남자가 이 시골에 어딨다고? 서울 물 먹어서 그런지 얼굴도 뽀얗고, 키도 훤칠하고…. 어깨 넓은 거 봤남? 가서 한번 폭 안겨 보면 소원이 없겠구먼."

"에구, 남사시러워라. 시끄럽고! 어여 가자고."

그런 뒤에도 둘은 연신 깔깔거리며 겨끔내기 하듯 이런 말 저런 말 주고받으며 신작로 쪽으로 나섰다.

하지만 칠보는 잘못 들었는가, 싶어서 연신 귓구멍을 손가락으로 후벼 파느라 선뜻 뒤를 따르지 못했다. 왜냐하면 묘순이가 했던 말이 머릿속에서 자꾸 떠돌아서였다. 그냥 입정 사나운 말버릇이라 치기엔 미심쩍었다.

'서방님이라니? 내가 잘못 들은 것 아니겠지? 하, 이것 참!'

절구 방망이로 뒤통수를 호되게 한 대 얻어맞은 기분이었다. 칠보는 이게 무슨 경우인가 싶어서 갈피를 잡을 수가 없었다.

'하! 이것 참! 이거, 이거….'

내내 그러다가 입안에 고인 쓴 침만 자꾸 뱉었다. 그러고는 해 본 속짐작이, '장인님 사타구니 좀 붙잡는다고 되레 나한테 소리를 빽 지르더니, 설마 그깟 일로 딴 남자한테 맘을 준 것이여? 지금은 어디 쓸모도 없는 걸 좀 만졌기로서니….'였다.

또 조금 지나서는 눈앞이 희끈거리고 어질어질하더니 종국에는 생각이 어느 한쪽으로 처박혔다.

'그럼, 이젠 성례고 뭐고 물 건너 간 것이여?'

마침내 부아가 치밀었다. 이내 고개를 젓고, '설마! 아무리 그래도 내가 눈비음 한 번 하지 않고 얼마나 참마음으로 열심히 일했는데….'라고 되뇌었다. 하지만 곧 '틀림없이 점순이가 제 입으로 그러지 않았는가? 우리 현석 씨라고.' 하는 생각 때문에 어금니를 꾹 물었다.

결국 오기가 생겨 제 스스로를 당조짐하기로 했다.

'내 이럴 바엔 아예 꼬리를 잡아 구장님한테 중재를…. 아니,

그럴 거 뭐 있나? 아예 순사를 들이대던가 하고 말 것이여!'

그러나 그게 전부였다. 혼자 붉으락푸르락 하는 통에 어느새 점순이와 묘순이의 그림자는 보이지 않았다.

칠보는 이후에도 여러 번 점순이 뒤를 밟으려 했지만, 모두 수포로 돌아가고 말았다. 소꼴을 베느라, 고구마 덩굴 뒤집기를 하느라, 논에 나가 피사리 하느라… 그런 따위의 일로 좀처럼 뒤를 밟을 기회가 오지 않았다. 그런 차에 마침 장인님도 출타하였고, 일도 그다지 없어서 오늘은 맘먹고 점순을 따라잡으리라 맘먹었던 것이었다.

'그려! 쇠뿔도 단숨에 빼랬다고!'

점순이는 곧 신작로를 따라 내려갔다. 그러고는 오래지 않아 왜색으로 지은 모정(茅亭, 지금의 마을회관)에 이르더니, 단박에 안으로 휙 들어가 버렸다. 그 뒤로도 까까머리를 한 꼬마와 애기를 업은 아줌마와 늙수구레한 중늙은이가 뒷짐을 지고는 안으로 들어갔다. 그리고 쪽창이 난 문이 탕, 소리를 내며 닫혀 버렸다.

뭔가 싶어서, 사위가 조용해진 다음 칠보는 살금살금 모정 가까이 다가가 주위를 서성거렸다. 옆으로 돌아서 창문을 넘어 보자니 그러기엔 창이 높았다. 까치발을 해도 소용이 없고, 메

뚜기 뜀질하듯 깡충거렸지만 안은 들여다보이지 않았다.

'이놈의 키! 키!'

점순이와 성례를 못 치른 것도 그놈의 키 때문이고 보면, 짜증이 치밀지 않을 수 없었다.

하는 수 없이 숨을 죽이고 출입문 쪽창을 슬쩍 엿볼 수밖에 없었다. 하지만 도대체 뭘 하는 건지, 애들과 어른 서넛은 바닥에 퍼질러 앉았고, 어른들은 뒤쪽 책걸상을 차지하고 있었다. 누구는 고개를 끄덕이고, 또 몇은 책 같은 걸 펼쳐 놓고 중얼거리고, 한쪽에서는 뭘 열심히 받아 적는데….

그래서 조금 더 귀를 기울이려는데, 문득 떼를 지어 노래를 불러 댔다. 하지만 이놈저놈이 다 엇갈려서 소리만 질러 대는 바람에 무슨 노래인지조차 알 수가 없었다.

그때, 후텁지근한 바람결에 한 가지 생각이 스윽 스쳐 지나갔다.

'교회당?'

아무리 농투산이라도 그쯤은 알았다. 마을에도 두어 번쯤, 말끔한 양복쟁이와 검정 치마저고리를 입은 여인네들이 기웃거렸었다. 하느님이 어떻고 하면서 믿으라는 둥, 한 번은 논에서 피를 뽑고 있는데 논둑에 앉아서 주님의 말씀이 어떻고 하다가는, 영영 쳐다보지 않자 손바닥만 한 책 같은 걸 놓고 갔다. 물론 칠보는 까막눈이라 한글자도 읽을 수가 없어서 굄돌 대신 뒤주 다리에 괴어 놓았다. 그 뒤로도 이렇게 모여서 기도를 한 댔던가, 염불을 드린댔던가….

그런 생각에 이르니 꼴같잖다는 생각이 들었다.

'서양 귀신은 믿어 뭣하게? 그런 건 할 일 없는 양반네나 심심풀이로 믿는 게지. 삼신할미랑 조왕신이나 믿고, 어려운 일 있으면 정한수 떠놓고 달님 보고 기도하면 되는걸, 무슨! 더구나 아낙네가 무슨 밤길까지 쏘아댕기나? 시집가서 남편 섬기고 새끼들 잘 챙기면 되는 게지. 괜히 이리 사람 많은 데 들락거리다가 바람이나 들지….'

칠보는 저 혼자 고개를 끄덕이며 툴툴거렸다. 그러다가 문득 제 생각에 놀라 주름진 이마를 더 찌푸렸다.

'그려, 저것이 이런 데를 다니다가 틀림없이 바람이 든 것이여.'

그러고 나니 점순이 괘씸하기 이를 데가 없었다. 얌전한 고양이가 부뚜막에 먼저 올라간다더니! 뒤미처 장인님의 얼굴도 떠올랐다

'아니, 이놈의 영감탱이는 딸내미가 무 바람 들듯 하여 저러고 다니는 것도 모르고…. 아니지, 아니야. 그저 알면서 일부러 그냥 두는 건가?'

이물스러운 장인님은 충분히 그러고도 남을 거였다. 온갖 일

을 다 부려먹고 성례를 미루고 또 미룬 이유가 무언가? 그러다
가 내칠 생각이 아니었던가? 그렇지 않고서야 그깟 키 좀 작은
게 무에 대수라고! 아무리 좁쌀만 해도 나올 데 나오고 들어갈
데 들어간 것쯤은, 칠보도 다 안다. 감자 캘 때 엉덩이 펑퍼짐한
것도 보았고, 저고리 안으로 봉긋 솟아오른 젖가슴을 볼 땐 얼
굴이 화끈거렸다. 그만하면 성례를 올려도 좋을 만큼 미추룸하
지 않은가 말이다. 그런데도 장인님은 늘 키만 핑계를 댔다. 제
키 작은 것 생각은 안 하고 왜 점순이만 탓하나? 딸년이 애비
닮지 누굴 닮는다고? 다 닳아빠진 싸리빗자루만 해 가지고는!

'결국은 처음부터 그냥 머슴으로 부릴 요량이었던 게지.'

칠보는 모든 게 척척 들어맞는단 생각이 들었다. 그렇게 혼자
결론을 내고 칠보는 다시 주먹을 꾹 쥐었다.

'내 이젠 끝장을 낼 것이여!'

생각으론 당장 안으로 뛰어 들어가 점순이를 끌어내고 싶었
지만, 칠보는 차마 그러지는 못했다. 현석이란 놈이 어떤 놈인지
확인해서 함께 요절을 내는 게 맞지 싶었다.

모정 안에서는 여럿이 큰 소리로 무얼 지껄여 댔다가, 또 깔
깔대며 웃는 소리도 들렸다.

졸음이 밀려와서 담벼락에 기대앉은 채 개개 풀어진 눈을 껌
뻑대고 있을 때쯤, 와자한 소리가 들렸다. 얼핏 눈을 뜨고 보니,

사람들이 몰려나오고 있었다. 얼른 바깥으로 나가 담장 주변을 서성거렸다. 칠보는 서로 인사를 주고받으며 모정을 나서는 사람들을 살폈다. 저마다 쪼그마한 보퉁이를 하나씩 품에 안고 있었다.

점순이는 맨 나중에 나왔다. 제복 입은 청년이 나란히 그 옆에 섰다.

'저놈인 거여?'

불빛 아래 드러난 청년은 희멀쑥하고 껑충했다. 그래서 때깔은 좋아 보였지만, 매가리는 없어 보였다. 칠보는 저도 모르게 주먹을 쥐고 힘줄을 불끈 세웠다. 두 사람은 마주 선 채 한참 동안 이야기를 나누었다. 그동안, 무에 그리 정겨운지 점순이는 종종 꺄르르 웃었고, 청년도 마주쳐 고개를 끄덕였다. 곧 점순이가 들고 있던 보퉁이에서 무언가를 꺼내 청년 앞으로 내밀었다.

멀리서 봐도 옥수수였다. 그걸 확인하고 나자 눈에 불이 확 켜졌다.

'저건 내가 애지중지 키운 그 옥수수 아니여?'

애지중지뿐이던가. 웬만해서는 씨앗만 뿌려 놓으면 잘 자라는 게 옥수수지만, 점순이가 좋아한대서 비 오면 고랑 파 주고, 햇볕 쬐면 물 더 주며 새끼 키우듯 한 옥수수였다. 그걸 날름 저 희멀겋게 생긴 놈에게 대뜸 갖다 바쳐?

'내 저것들을 당장에 요절을…'

생각은 그랬다. 하지만 칠보는 선뜻 나서지 못했다. 속이 막 끓어오르는데도 속내만 태웠다.

'하아! 저, 저…'

그러는 사이, 두 사람은 모정을 나섰다. 그리고 신작로 한편을 따라 곧 왔던 길 쪽으로 방향을 되잡았다.

둘은 바투 붙어서 걸었다. 칠보는 또 심사가 뒤틀렸다.

칠보 자신은 한 번도 점순이랑 나란히 걸은 적이 없었다. 밭에 나갔다가 오다가, 또 한두 번은 심부름 다녀오는 점순이를 우연히 만나 열댓 걸음 멀찍이 떨어져 걸어온 적은 있어도. 새참을 가지고 나와서도 그릇이 빌 때까지 저만치서 기다리다가 날름 그릇만 가지고 간 게 고작이었다. 내외를 해야 한다는 장인님 때문이었다.

이제 더 이상은 마음이 꼬부장해져서 그냥 있을 수가 없었다. 칠보는 두 사람이 토담길 쪽으로 가는 솔밭 옆길로 돌아설 때, 앞으로 성큼성큼 걸었다.

그런데 그때였다. 점순이가 돌부리에 걸렸는지 비틀거렸다. 청년이 얼른 점순이의 팔을 잡아 올렸고, 못 이기는 체하며 점순이가 청년의 팔을 붙잡고 기댔다. 칠보는 달려나가다가 얼른 소나무 뒤편으로 숨었다.

"아야야야!"

"저런, 발목을 살짝 접질렀나 봐요. 잠시 쉬었다가 가야겠어요. 이리 앉아요."

말소리가 또렷하게 들렸다. 청년은 점순이의 허리를 붙잡아 길 오른편 둔덕 넙적바위 위에 앉혔다.

"아이, 괜찮아요."

점순이가 콧소리를 냈다. 칠보에게는 한 마디 한 마디가 그토록 퉁명스럽더니, 이게 무슨 새살스러운 짓인가. 그예 칠보는 이를 우둑 갈았다.

그러고는 이 풍광은 또 뭔가? 청년이 무릎 꿇듯 앉더니 덥석 점순이의 신발을, 그리고 버선마저 벗겨 냈다. 금세 그 뽀얀 종아리가 드러났다. 그러자마자 청년은 다짜고짜 점순이의 맨발을 주물러 대는 게 아닌가?

"아이, 이럼 안 되는데, 누가 보면 어쩌시려고, 아잉!"

점순이가 콧소리도 모자라 망상스럽게 몸을 흔들었다.

"여기가 아파요? 아님 여기?"

청년은 점순이가 발을 빼내려는데도 막무가내였다. 아예 발을 주물럭거리면서 마침내 종아리까지 더듬어 댔다. 그건 정작 안 되겠던지 점순이는 힘을 주어 발을 빼냈고, 그 때문에 청년이 점순이의 발에 걸려 옆으로 넘어지고 말았는데, 그걸 붙잡겠다고 점순이는 또 달려들고, 그러다 뒤엉키고….

칠보는 이미 눈알이 뒤집혔다. 더 이상 보고 있을 수가 없어서 연놈들 앞으로 내달았다.

"시방 뭐 하는 거여? 점순이, 니가 이럴려고 밤마실을 다닌 거여? 이 놈팽이는 뭐여?"

"칠보…. 여긴 무슨 일이여?"

"다 필요 없고. 너 이 자식!"

칠보는 화들짝 놀라는 점순이를 뒤로 하고, 막 일어선 청년의 멱살을 잡았다. 그러고는 뒤로 있는 힘껏 밀쳐 버렸다. 키 큰 놈치고 싱겁지 않은 놈 없다더니, 놈은 버둥거리다가 한방에 동 그라졌다.

"누, 누구세요?"

"왜 이려? 지금 이게 뭐 하는 짓이냐구?"

청년이 소리치고, 점순이가 달려들어 앞을 막았다. 그럼에도 칠보는 막 일어선 청년의 가슴팍을 걷어찼다. 청년은 둔덕 아래로 나동그라졌다. 그러더니 비명을 질렀다.

"아아악!"

그러나마나 칠보는, 재빨리 점순이 손목을 답삭 쥐고 집으로 돌아왔다. 그동안, 점순이가 무어라고 고래고래 소리를 질러 댔지만, 아무 소리도 들리지 않았다. 자꾸만 청년이 만지작거리던 발목에만 눈이 갔다.

다음 날, 해거름이 채 못 되어 청년과 나이가 꽤 들어 보이는 양복쟁이가 나타났다. 청년은 머리에 흰 천을 둘둘 감았고, 한쪽 눈이 벌겋게 물들어 있었다. 사립문을 넘어설 때 보니, 다리를 좀 절뚝거리는 듯도 했다. 두 사람은 장인님과 한참이나 두런두런 이야기를 나누었다. 왠지 장인님이 연신 고개를 수그리는 게 불안하기 이를 데 없었다.

물론 칠보는 자신이 크게 잘못한 게 없다고 생각했다. 그 허여멀건 놈을 두어 번 자빠뜨리고 돌아와, 장인님에게 점순이가 뭔 짓을 하는지 낱낱이 고해바쳤고, 그러니까 빨리 성례를 올려 달라고 고래고래 소리를 지른 것뿐이었다.

'될 대로 되라지!'

칠보는 외양간 앞에서 공연히 소여물이나 뒤적거리며 중얼거렸다. 힐끗 쳐다보니, 사랑방 쪽문을 열고, 점순이가 슬그머니 내다보고 있었다.

양복쟁이와 청년은 오래지 않아 돌아갔다. 그리고 나자마자 장인님이 불렀다.

"그러기에 사람을 패? 치료비로 쌀 열 섬 나갔다! 네 새경은 다 받은 줄 알아라."

그러고 장인님은, 무어라 대꾸할 사이도 없이 사립문 바깥으로 나갔다. 칠보는 멍하니 그 뒷모양을 쳐다볼밖에 도리가 없었다.

그새 점순이가 방문을 열고 나와 저만치 앞에서 다그쳤다.

"그러기에 내가 뭐래? 야학당 선생님이라고 했잖아. 선생님한 테 글 배워서 칠보 가르쳐 준다고 했지 않어? 그래서 아부지한 테 언제 성례시켜 줄 건지 글로 써서 약속이라도 받아 두려 했다고. 왜 그걸 몰라? 배운 사람들은 다 그렇게 한다는구먼. 그렇게 해야 나중에 아부지도 꼼짝 못할 거라구. 왜 그걸 모르냐고? 응? 이제 성례는 어떻게 할 거야?"

그러더니 금세 찬바람 내며 돌아서 방으로 들어가 버렸다.

"허! 이것 참…."

그 허깨비 같은 놈이 넘어지면서 땅바닥에 머리를 찧을 줄 누가 알았단 말인가. 칠보는 재수 옴 붙은 경우가 아님 뭐겠느냐고, 땅을 걷어찼다. 그리고 가슴이 허망하여 구름 한 점 없는 하늘을 쳐다보았다. 하늘이 그예 노래졌다.

어느 봄밤에

／ 윤혜숙

요즘 장인의 눈치가 수상하다. 오늘 아침만 해도 그랬다. 오종종한 눈알을 요리조리 굴리며 점순이와 나를 연신 흘끔거리는 것도 그렇고, 안 나오는 헛기침을 거푸 해 대는 것도 그랬다.

"보리 팰 때 안 된담?"

"…"

한마디 하려다 나는 멀건 된장찌개를 푹 떠서 입속으로 쑤셔 넣었다. 말로는 도저히 장인을 이겨먹을 수 없을 게 뻔했다.

"왜 암 말도 안 하고 그냐? 그 야그 할 거근 애시당초 시작도 마라. 저리 쪼깐한데 우째 여자 구실을 하겠노 말이다. 안즉도 니 겨드랑이 밑에 떨어지는데."

맨날 한 말 또 하고 또 하고 지겹지도 않나. 내가 입을 비죽거리자 장인은 눈 있으면 보라는 듯 턱짓으로 점순이를 가리켰다.
장모는 점순이보다 쪼깐해도 순풍순풍 애만 잘 낳았느냐
고, 한마디 얹으려다가 입안으로 보리밥 한 덩이를 우겨 넣었다.
꺼끌꺼끌한 밥알이 씹히지도 않고 곤두섰다.

"빙장어른, 지도 할 말 많지만 꾹 참고 있구만요. 밥이나 편하
게 묵게…"

"알아들었음 다행이다만 요새 니 말꼬랑지가 어째 자꾸 짧아
지냐? 불만 있으면 그때그때 말혀라. 안 그라면 속 뭉그러지고,
그러다 다리 힘 풀리고, 종내는 장가도 물 건너가는 법잉께."

또 이렇게 남의 속을 긁는다. 들은 척도 않고 나는 찌개 그릇
에 숟가락을 담갔다. 그래, 먹는 게 남는 거지. 만에 하나 점순
이와의 성례가 물 건너가면(그건 하늘이 두 쪽 나도 벌어지면 안
될 일이지만) 장인 멱살이라도 잡고 내동댕이칠라면 아귀힘이라
도 남겨 둬야 한다는 생각에, 꾸역꾸역 눈물 같은 밥알을 씹어
넘겼다. 누가 그랬다던가. 끝까지 남는 사람이 이기는 거라고.
다시 숟가락이 부러지도록, 볼이 터지도록, 목구멍이 메도록 밥
을 우겨 넣었다.

"점순아, 끝네 갸도 성례 물 건너갔나카던데 니 들은 말 읎
나?" 숭늉으로 입가심을 끝낸 장모가 장인을 건듯 보며 뚝뚝하
게 물었다. 아궁이 속 더께 앉은 그을음처럼 얼굴 전체를 뒤덮

은 기미만 아니라면 딱 점순이다.

"병식이 놈이 가을에 성례 올린다고 나한테 얼마나 유세를 떨었는데요. 뭔 일이 있었다요?"

병식이와 끝네 얼굴이 떠오르면서 귀때기가 찌르르했다.

"금시초문인데, 제대로 알고 하는 말이여? 공연히 사람 맘 싱숭생숭하게 만들지 말고."

장인이 말을 자르며 볼살을 실룩였다. 눈앞에 있는 예비 사위는 안중에도 없고 사돈의 팔촌도 넘는 병식이를 걱정하는 장인이 고까워 입안에 쓴 침이 고였다.

"살림 못 내줄 것 같다며 끝네 아범 걱정이 하늘을 찌르더만, 우야든 잘됐구먼."

장인이 웃음을 참는 건지, 돌이라도 씹은 건지 잔뜩 인상을 썼다. 가재는 게 편이라더니, 오장이 다 뒤틀렸다. 문득 장인이 끝네 아범을 들쑤신 건 아닌가 의심이 들었다.

'힘센 일꾼 얻었으니 본전 생각 안 날 때까지 부려야 하네. 끝네도 아직 어린데, 성혼은 무슨. 병식이 그놈 마음을 꽉 붙들 핑계거리가 있어야 할 텐데, 어디 내가 좀 도와주까?'

읍내 배 참봉 댁 마름으로 온갖 패악을 다 부렸던 장인이니 땅을 미끼 삼아 끝네 아범을 얼루는 것쯤이야 일도 아닐 터였다.

"그래도 약속은 약속인디, 한 입으로 두말하는 걸 보믄 끝네

아버지도 사내는 아닌갑소."

점순이 때문은 아닐 텐데 장모가 장인을 향해 눈을 희번덕거렸다.

"아녀자가 뭘 안다고 남정네 하는 일에 감 놔라 배 놔라… 자네도 끝내 어멈 만나면 암말 하딜 말더라고. 괜히 잔잔한 가슴에 불 지르지 말고, 알아들었는감."

장인도 지지 않고 장모에게 단단히 엄포를 놓았다.

두 내외의 밥상머리 말싸움을 보고 있자니 머릿속이 홧홧했다. 그때까지도 점순이는 내내 고개를 처박고 밥만 깨작거렸다. 얌전도 때를 봐 가며 떨어야 이쁜 법이여, 속엣말로 구시렁대다 점순이와 눈이 딱 마주쳤다. 점순이 뙤록뙤록 말간 눈을 치켜 뜨는가 싶더니 고개를 맥없이 아래로 떨궜다.

이럴 때 '내가 안 크는 게 어디 저 사람 탓인감유. 괜한 꼬투리만 잡지 말고 아버지나 약속 지키소.' 그러면서 한마디 거들면 어디 덧나냐 말이다. 이래저래 불뚝 성질만 돋고 병식이 일이 남의 일 같지 않아 속없이 멀뚱히 있기도 뭐했다. 부러 소리 나게 숟가락을 내려놓고 방을 나왔다.

더 있다가는 이러쿵저러쿵 이젠 귀에 딱지가 철갑을 둘렀을 그 얘기를 또 들어야 할 게 뻔했다.

"저런 저런… 지가 와 불뚝질이고."

밤새 내린 비 탓인지 하늘은 더 높아지고 바람도 선선했다. 비탈 아래 너른 밭에서는 누렇게 보리가 익어 가고 있었다. 이 달 안에 보리도 패고 감자 파종도 해야 한다 싶으니 걸음이 절로 빨라졌다. 마음 시끄러울 때는 사지를 고단하게 만드는 게 최고라는 게 몸으로 배운 세상 이치였다. 마을을 벗어나니 산밭이 눈앞에 바싹 다가왔다. 돌무더기 땅을 갈아엎고 잡목의 뿌리를 뽑아내고, 밑거름까지 하고 나니 요즘은 제법 밭 꼴이 났다. 바짝 마른 산밭이니 손 안 가는 메밀이 제격이라 벌써 파종할 생각에 마음이 달떴다. 가을 내내 지천으로 핀 하얀 메밀꽃을 보면 점순이도 '어머나! 장한 일 했네.' 하며 호들갑을 떨지도 모를 일이다.

"성례 올려도 제대로 된 전답을 주겠냐고? 손바닥만 한 채마밭이나 받고 나가떨어져라 그럴 텐데."

새참을 들고 나온 점순이가 밭두렁을 발로 차며 투덜거렸다. 성례시켜 준다는 말만 믿고 사 년 넘게 죽어라 일했는데, 그럴 리 없다 싶다가도 덜컥 가슴이 내려앉았다.

"설마!"

그렇게까지 양심에 털 난 장인은 아닐 거라 믿고 싶은 마음에 펄쩍 뛰었다.

"등신, 바보, 멍충이, 얼뱅이…!!"

점순이가 입가를 비틀며 같은 말만 되풀이했다. 그런 말 들어도 별 도리 없지만 열 살도 더 많은, 곧 지아비가 될 남편에게 하는 말치고는 남이 들을까 민망했다.

"그렇게 겪고도 우리 아버지를 몰라."

'알지, 너무나 잘 알지. 성례고 뭐고 다 포기하고 몇 번이나 도망치려고 했지. 그때마다 점순이 니 땜에 참고 또 참고 여기까지 왔다고. 그러코롬 따질 시간 있으면 빨랑 고 쪼깐한 키나 어찌어찌 키워 보더라고.'

그렇게 말하고 싶었지만, 여자란 앞에서 하는 말 다르고 뒤에서 하는 말 다른 족속이라는 걸 아니까 꾹 참는다.

"난 빙장어른 믿어. 사내들만 통하는 게 있는 법잉께."

"좀생이 아버지를 믿는다고? 그러니까 니… 아니 그짝이 등신이라는 거야."

한마디 쏘아붙이고는 팽하니 내뺐다. 그게 지난 가을의 일이었다.

모 내랴 거두랴, 텃밭에 소채 가꾸랴, 소 먹이고 나무 해 들이랴… 곁불 쪼일 시간도 없으면서 산밭을 일구게 된 데는 비빌 언덕이라도 만들어 두자는 생각에서였다. 점순이 말대로 좀생이 장인이 살림 내주고 성례시켜 줬으면 되지 왠 딴소리냐, 막내 데릴사위가 제 몫 할 때까지는 처가 농사를 맡아야 한다느

니 하며, '사위도 한 식구입네.' 생짜 부릴 때를 대비해 내 땅 한
뙈기는 있어야 하지 않냐는 계산속이었다.

며칠 전 산밭에서 내려오는 길에 끝네 아범과 부딪혔다.

"안녕하시쥬?"

요즘 속이 속이 아닐 것 같아 부러 더 큰 소리로 인사했다.
끝네 아범은 마뜩찮은 눈으로 나를 쪄려보고는 벌레 보듯 바삐
지나갔다. 그제야 아침녘 우물가에서 만난 끝네의 볼이 잔뜩
부어 있던 게 떠올랐다.

"사 년쯤 지나면 정신 차릴 줄 알았더니, 성이 똑 부러지는
것 없이 이래도 흥, 저래도 흥 그러니까 마름 어른이 저러는 거
라고!!"

이렇게 나를 바보 취급 하던 병식이었다. 그런 병식이의 성례
가 갑자기 삐그러졌다. 형 대접은커녕 걸핏하면 개똥 나무라듯
하는 병식을 생각하면 고소하기도 하련만, 왠지 찜찜하다. 가만
생각해 보니 끝네 아범뿐 만이 아니었다.

"오일장에 같이 가더라고!"

골목에서 부딪힌 영득이에게 말을 붙였더니 "미꾸라지 한 마
리가 흙탕물 만든다더니, 성이 딱 그짝이구먼. 이러다 동네 아
들 씨가 마르겠소." 그러면서 눈을 희번득거렸다. 흙담 아래 옹
기종기 잎담배를 빨아 대던 아재들도 말이라도 붙일라치면 뭐

라 구시렁대고는 슬금슬금 자리를 피했다. 병식이 혼례 삐그러진 게 어떻게 내 탓이란 말인가? 억울했지만 내 코가 석 자이니 남 일에 끼어들 처지도 못 됐다.

머릿속이 가시덤불이다. 푸석해진 흙바닥에 벼린 곡괭이를 내리박았다. 여러 번의 곡괭이질 끝에 굵은 돌을 골라내 밭둑가로 쌓고, 자갈돌은 풀숲으로 내던졌다. 묵은 잔풀을 뽑아내고 지게에 싣고 온 거름덩이를 으깨 밭고랑 위로 살살 펴 흩뿌렸다. 한참 땀을 흘리고 났더니 성례도, 병식이 일도, 동네 녀석들의 빈정거림도 말끔히 잊혀졌다.

땀이나 식히자 싶어 지게 위에 걸터앉으려는 찰나 쌔―앵 배에 묵직한 게 닿는가 싶더니 몸이 붕 날아 두 발쯤 뒤로 나가 떨어졌다.

"이게 다 욕필이, 아니 성 때문이라고."

"내가 뭘 어쨌다고 이 난리야…."

아픈 배를 끌어안았다. 눈물이 찔끔 났다.

"왜 그러느냐고? 올가을에 끝네 아버지가 성례 못 시켜 준다 잖아."

"나도 그 얘기 들었지만 그게 뭐 내 탓이냐? 성례 못 올린 걸로 치면 너나 내나 매한가진데."

"그게 지금 말이야 말뚝이야? 다 된 밥에 재 뿌리는 것도 아니고."

"내가 무슨 재를 뿌렸다고? 뭔가 책 잡힐 일을 하고선 괜히
나한테 덤태기 씌우는 거 아니냐고?"

마지막 말을 하지 말았어야 했나, 후회할 쯤도 없이 병식이가
달려들어 배에 올라탔다. 배가 꿀럭하더니 아침에 먹은 나물국
이 올라올 것처럼 속이 울렁거렸다.

"야, 말로 해. 뭔 일인지 알아야, 아니 뭔 일인지는 알겠고 그
게 왜 내 탓인지는 알아야 뭘 해도 해 볼 것 아냐?"

나는 병식이의 화를 누그러뜨려 보려고 뭔 말을 하는지도 모
르고 마구 지껄여 댔다. 한참 주먹질을 해 대며 씩씩대던 병식
이 저도 싱거워졌는지 얼마 지나지 않아 '에잇!' 하며 내 옆에
널브러졌다. 구름이 엉켰다 풀어졌다 하고 병식이의 한숨 사이
로 맹꽁이 소리가 들려왔다.

"끝네 아버지가 갑자기 성례를 몇 달 미루든지 아님 아예 없
던 일로 하자는데… 한 달 전까지도 그런 말 없었거든. 성도 알
겠지만 누가 꼬드긴다고 넘어갈 양반이 아니잖아?"

"그야 그렇지."

나도 모르게 맞장구를 치며 웅얼거렸다.

"그런 양반이 제일 무서워하는 게 뭐겠어?"

"그야…"

알고도 입 밖으로 내뱉을 수 없었다.

'제 말 안 듣고 뻗대면 소작지를 뺏겠다고 했겠지.'

"제 땅도 아니면서 마름 유세 떠는 게 어제오늘 일도 아니지만 욕필이라도 이건 아니지."

나랏님 뒤에선 할 말 안 할 말 다 한다지만 병식이는 마름 어른도, 점순 아버지라고도 하지 않고 욕필이라고, 장인을 똥개 이름 부르듯 했다.

살살 구슬려 병식으로부터 들은 전후 사정은 이랬다. 장인 부름을 받고 눈 밖에 날까 싶어 끝네 아범은 부리나케 구장 집으로 달려갔다. 구장은 사서오경은 아니래도 한문책에다 이야기책도 많이 읽은 양반이라 실레마을 사람들에게는 학자로 존경 받아 온 사람이다. 그런 구장을 납작 엎드리게 만드는 사람이 장인이었다. 순전히 마름이라는 것과 구장 말이라면 끝네 아범도 어쩌지 못할 거라는 계산속에 끝네 아범을 불러들인 거라고 병식이는 확신했다.

"병식이 스물하나도 안 됐고, 법을 무시하고 우겨서 결혼했다가는 가막소로 끌려갈 게 분명한데 그럼 자네도 곤란할 게 아닌가. 가을걷이도 힘들 테고… 성례를 아주 하지 말라는 게 아니라 저기 마름 어른의 말대로 겨우 네다섯 달 늦추는 거니…"

구장이 마땅찮은 얼굴로 머뭇거리자 장인이 끼어들었다.

"솔직히 자네 능력에 비해 소작지가 많은 게 왠 줄 아나? 타고난 농사꾼인 병식이 자네 옆에 있기 때문일세."

장인의 말은 병식이와 끝네를 혼인시키면 소작지를 뺏겠다는 협박이나 마찬가지였다. 사실을 확인한 것도 아니고 순전히 병식이가 요리조리 뜯어 맞춘 것에 불과한 말이었지만, 제법 그럴 듯했다.

"그게 왜 내 탓이야? 나라 법이 그렇다는데."

겉으로는 그렇게 말했지만 듣다 보니 장인이라면 그러고도 남을 위인이다 싶긴 했다. 나한테는 점순이 키가 모자란다고, 끝네 아범한테는 병식이 나이를 걸고넘어졌을 테지.

'빙장어른한테는 찍소리 못 하고, 만만한 게 나라는 거지.'

나이는 다섯 살이나 어리면서 '상투를 틀어야 진짜 어른'이라는 둥 자기는 성혼 날짜를 받아 놓았으니 성님이라고 안 해도 되는 거 아니냐며 번번이 반토막말이었던 병식이 밉살스럽긴 했다.

장인이 머슴 취급을 하니 동생뻘인 녀석들조차 동네북 취급하는 것 같아 빈정 상하고 억이 막혔다. 첫 번째도 아니고 세 번째 데릴사위 후보일 뿐이고, 성례도 안 했으니 사위도 뭣도 아닌 내 처지가 눈물 나게 처량했다.

"착하고 순한 끝네 아범을 꼬드긴 게…"

"그게 우리 장인이라는 거잖아?"

"그럼 아니란 말이야?"

할 말이 없다. 이럴 때는 그저 싸움을 걸어온 사람이 제 풀에 나가떨어지기를 기다리는 게 수다. 내가 뜨뜻미지근하게 굴자 병식이는 점순이와의 성례 문제를 제대로 해결하지 못해서 자기한테까지 똥물이 튀게 생긴 거라며 길길이 날뛰었다.

"이건 성의 문제가 아니라 실레마을 총각들 앞날이 달린 문제라고. 욕필이가 마름 권력을 내세워 성례에까지 간섭하기 시작하면 다른 일로 번질 게 뻔하지. 이게 나 하나로 끝날 것 같아?"

병식이 말이 다 맞았다. 그러니 더욱 대거리할 엄두가 나지 않았다.

"성 때문에 내 인생 꼬이게 생긴 거니까 가을에 성례 못 올리면 나도 가만있지 않을 거유."

구석까지 몰린 병식이 처지를 모를 것도 없지만, 께름칙한 구석이 없는 것도 아니었다. 진짜 장인이 구장에게 그런 말을 시킨 건지, 아니면 병식이가 뭘 잘 모르고 제 풀에 방방 뜨는 건지 우선 알아봐야겠다 싶었다.

"성이 동생들한테 모범이 되는 못할망정, 동생들 앞길 막으면 안 되지. 그렇담 성은 사내도 아녀."

병식이의 막말에 짚고 있던 곡괭이를 땅에 내리꽂았다. 돌부리를 찍은 건지 손끝이 찌르르했다.

'내가 언제부터 니 성이었냐? 요럴 때만 성 아우 찾는 니 속을 모를 줄 알고.'

나는 배배 꼬인 마음에 곡괭이질만 계속했다. 화풀이하는 건지, 시위하는 건지 병식이는 밭둑의 돌멩이를 내 쪽으로 풀풀 던지기 시작했다. 멀끔하던 밭 여기저기에 흩어진 돌멩이를 보자 속이 부글부글 끓었다.

'참을 인자 세 개면 살인도 면한다는데. 에고, 내 신세야.'

뿔난 송아지를 건드렸다가는 뒷발길질 당하기밖에 더 할까 싶어 꾹꾹 화를 눌렀다.

"성 문제가 뭔지 알아?"

병식이 엉덩이를 털며 불쑥 말했다. 이 상황에 참 뜬금없었다.

"나이 많은 것도, 일자무식인 것도, 아무짝에도 쓸모없이 키가 큰 것도 문제고… 어디 한두 가진가 뭐."

뻔히 알고 있는 사실도 남한테 털어놓는 건 측간에서 엉덩이를 까고 있는 꼴을 들킨 기분이랄까.

"그건 문제도 아냐. 진짜는 성이 자신을 너무 깔본다는 거야. 성은 저기 저 많은 밭들과 논들의 주인이 누구라고 생각해?"

"그야 배 참봉 아닌감."

"아니지. 저 밭들의 주인은 땅문서 갖고 있는 참봉 어른도, 마름인 욕필이도, 소작 주는 영득 아재도 아니야. 씨 뿌리고 거름 주고, 잡초 뽑아 주는 성 같은 사람이 진짜 땅 주인이라고. 성 없이, 우리 같은 농사꾼 없이 벼 한 톨 심고 거둘 수 있겠냐고."

그렇게 소리치고 병식이는 휘적휘적 산 아래로 내려갔다. 가슴에 돌 하나가 '픽' 하고 박혔다. 나는 병식이가 손톱만 해질 때까지 멍하니 바라보았다.

그날 이후 밥 먹을 때도, 측간에 앉아서도, 잠자리에 누워서도 병식이 말이 떠올라 피식 웃다가, 가슴을 쥐어뜯다가, 눈알을 부라리는 일이 늘어났다. 땅 주인은 농사꾼이고, 농사꾼인 내가 장인보다, 참봉보다 더 중하다는 말에 불끈 주먹이 쥐어지기도 했다.

점순이가 행랑방으로 찾아온 것은 봄날 밤이었다. 병식이 산밭에서 그렇게 해 대고 간 지 달포 지나서였다.

"갈 데가 있으니 좀 나와."

느닷없이 나타나 다짜고짜 나오라니, 어리둥절하기도 하고 불뚝 성이 났지만 그것도 잠깐, 종일 얼굴 한 번 보지 못한 점순이의 방문에 엉덩이가 먼저 들썩였다. 남사스럽고 어이없는 일이었다.

"어딜?"

"묻지 말고 그냥 나와."

흐린 날이라 어둠에 한참 눈이 익어서야 점순이 한쪽 뺨이 벌겋게 부어 있는 게 보였다. 번번이 깻박치는 점순이라 또 어디에서 엎어졌나 싶었다.

"얼굴이 왜 그래? 좀 조심하지 않고."

걱정스런 마음과는 달리 퉁바리를 놨다. 다른 날 같으면 눈을 흘기거나 입을 삐죽거려야 할 점순이는 아무 말 않고 내내 걷기만 했다.

멀리서도 뭉태네 집에서 새어 나오는 불빛이 보였다.

방으로 들어서던 점순이가 끝네를 보더니 눈에 쌍심지를 켰다. 나 모르는 사이 둘이 한판 붙은 모양이었다.

"니 얼굴을 저렇게 만든 게 끝네였어?"

"점순이가 우리 끝네한테 한 짓은 어떻고?"

병식이 벌떡 일어나 소맷부리를 말아 올렸다. 팔에 이빨 자국이 선명했다.

"점순이가 가만히 있는 끝네를 저렇게 만들었겠냐? 입은 비뚤어져도 말은 바로 하라고. 우리 점순이가 얼마나 순한 앤데."

내 말에 병식이 콧방귀에 헛웃음까지 터뜨렸다.

"어벙한 게 둘이 아주 찰떡궁합이야. 자기들 때문에 엄한 우리가 피 본 게 암시롱도 않나 보네."

야밤에 사람을 오라 가라 한 것도 열불나는데, 점순이와 쌍으로 바보 취급을 당하니 주먹에 불끈 힘이 들어갔다. 다짜고짜 병식의 멱살을 거머쥐었다. 병식이도 머리를 들까불며 팔짝 뛰어올랐다. 귀밑에 떨어지는 그 키로 덤벼들다니. 나도 힘에는 절대 밀리지 않았다. 방바닥을 구르며 엎치락뒤치락, 저고리가 찢기고 고쟁이가 벗겨져 나가는 줄도 몰랐다. 사타구니가 갑자기 서늘해진다 싶더니 점순이가 이불을 들쳐 안고 싸움판으로 뛰어들었다.

"그만, 그만! 힘을 합쳐도 모자랄 판에 왜 싸우고 지랄들이야."

악쓰며 소리친 건 뭉태였다. 나야 이불로 아랫도리를 가리느라 바빴고, 병식이는 끝내 눈을 가려 주느라 뭉태가 들어온 것도 몰랐다. 뭉태가 병식이의 등짝을 후려쳤다. 끝네와 점순이의 눈알이 퉁방울만 해졌고 병식이 앓는 소리를 내며 방바닥에 너부러졌다.

"병식이 니, 장가 가고 싶제? 칠보 성도 같은 맘이지?"

언제 닭새끼처럼 싸웠냐 싶게 우리 둘은 세차게 고개를 끄덕였다.

"네 사람이 머리를 맞대고 방안 세우라고 만든 자리니까 싸우지들 말고… 뭔 말인지 알제?"

네 사람은 멀뚱멀뚱 천장만 올려다보았다. 침묵을 깨고 끝네가 점순이에게 다가앉았다.

"미안하데이. 니 잘못도 아닌데. 쟈가 욱해서 내뺄까 봐 지레 겁나서…"

"아냐, 언니. 내 잘못도 있지 뭐. 진즉에 아버지한테 딱 부러지게 말했어야 하는 긴데."

두 여자가 누가 먼저랄 것도 없이 손을 그러잡았다.

'뭐라고 딱 부러지게…?'

목구멍까지 올라온 말을 삼켰다.

'맨날 일만 하다 말 텐가!' 하고 종알거리던 그 입으로 점순이 나를 빤히 쳐다보고 이렇게 말했다.

"올가을에 성례 안 시켜 주면 그짝이랑 밤도망이라도 가겠다고 했어야 하는 건데."

점순이 비장하게 입술을 깨물었다.

"뭐? 그게 증말인겨. 나랑 진짜로 도망갈겨?"

"그렇다니까. 꼭 그걸 말로 해야 알아먹는겨, 멍…"

"맞아, 내가 멍충이라니까. 니 맴도 모르고."

아궁이 속불보다 더 뜨거운 것이 올라와 나도 모르게 점순이를 껴안았다. 당장 내칠 줄 알았던 점순이 살포시 눈까지 감았다.

"그럼 이제 어떻게 할 건데?"

"우리 아버지가 꼼짝 못 할 거를 내놓아야지."

"마름 어른이 계약 좋아하니까 계약서 쓰자 하믄 되겠구먼."

잠자코 물러나 있던 병식이 끼어들었다. 점순이의 입이 헤벌쭉 벌어졌다.

"성, 뭔 말로 할지 생각해 보더라고."

웬일로 병식이 진심으로 성이라고 불렀다. 처음 있는 일이었다.

"점순이 니가 요만큼이라도 크면 데릴사위 포기하고 고향 돌아간다고."

나는 엄지손톱을 점순이 눈앞으로 내밀었다.

"그게 말이 되나? 진짜로 고향으로 내뺄끼가?"

점순이 질겁해서 말까지 더듬었다.

"말이 그렇다는 거지. 생각해 봐라. 여태까지 니 손톱만큼도 안 컸데이. 몇 달 사이에 개미 눈깔만큼도 안 클끼다. 내가 장담한다."

"나도 안 크는 건 자신 있지만… 그래도 혹시라도 크면 우짤 긴데?"

"그람 데릴사위 때려치웠으니 새경 내놓으라고 해야지. 그 돈

갖고 니랑 밤도망 가면 되잖아."

"그라믄 되겠네."

내 말에 점순이가 어깨를 들썩이며 키득거렸다.

"우리는 방도가 섰는데 니는 우찌할라고?"

병식과 끝네를 번갈아보며 정색하고 물었다.

"우리야 진즉에 방도를 세워 놨지. 아직도 우리 장인, 아들 낳는 걸 포기하지 않았응께 그걸 잡아떼불면… 흐흐흐."

"아하!"

병식이 말이 끝나기도 전에 끝네의 얼굴이 벌개져서 병식이의 가슴을 콩닥콩닥 두드렸다.

"그거라면 내가 나름 일가견이 있는데."

그 사단이 났을 때 장인이 나한테 '할아버지'라고 했던 게 떠올라 어깨가 으쓱해졌다.

"성, 오늘 밤 그 비법 가르쳐 줄 텐가?"

"아무렴. 우리가 어디 남이가."

그렇게 봄밤이 깊어 갔다.

봉필 영감
제 꾀에
넘어갔네

／이순원

칠보가 봉필 영감 집에 세 해 일곱 달이나 머슴처럼 일을 해
주고도 장가들기는커녕 오히려 장인 영감한테 죽도록 매를 맞
고 점순이한테까지 귀가 떼이도록 봉변을 당한 게 그 봄의 일이
었다.

　그리고 그해 가을 점순이의 키가 가 조금도 자라지 않았는데
도 칠보는 장가를 들었다. 말만 데릴사위이지 절대 성례를 시켜
줄 봉필 영감이 아니지만, 그것도 이제 어쩔 것이냐는 듯 떠받
들 듯이 장가를 들어 이 마을 저 마을 무용담처럼 소문이 났다.
　지난봄 장가도 들지 못하고 봉변만 당한 건 한 동네에 사는
건달 같은 뭉태의 말을 들어서였다. 구장 집에 다녀온 다음 칠

보가 심통이 나 일을 제대로 하지 않으니까 봉필 영감이 다시 발길질을 해 대고 미련퉁이 같은 칠보는 그걸 그대로 맞고만 말았다.

그 얘기를 뭉태 집에 마실 가서 했더니 뭉태가 오히려 펄펄 뛰었다.

"그래 맞구두 그걸 가만둬?"

"그럼 어떡하니?"

"임마 봉필일 모판에다 거꾸루 박아 놓지 뭘 어떡해?"

뭉태라면 정말 그랬을지 모른다. 괜히 자기가 화가 난다며 허공에 주먹질하다가 등잔까지 칠 만큼 열을 올렸다.

"남의 일이라도 분하다 이 자식아, 우물에 가 빠져 죽어."

그래서 뭉태의 말을 절반 듣고, 자기와 성례를 시켜 주지 않으면 "쇰을 잡아채지 그냥 둬. 이 바보야." 하던 점순이의 말을 곧이곧대로 듣고 장인의 쇰도 잡아채고, 장인 입에서 할아버지 소리가 나오도록 사타구니까지 확 움켜 챘던 것이다.

그런 모습을 당연히 고소해할 줄 알았던 점순이까지 달려들어 칠보의 귀에서 피가 나도록 귀때기를 잡아당겼다.

칠보도 이제 그것으로 봉필 영감한테 쫓겨날 것이라고 생각했다. 누가 보아도 그랬다. 장인의 사타구니를 할아버지 소리가 나오게 잡아당긴 놈에게 딸을 줄 리가 만무했다. 그냥 내쫓고는 사경도 주지 않을 거라고 생각했다.

　그래도 다행이었던 것은 그런 욕심쟁이 봉필 영감의 딸 점순이가 칠보를 좋아한다는 점이었다. 봉필 영감은 이참에 삼 년 일곱 달 동안이나 헛머슴을 산 칠보를 내쫓고 새로운 데릴사위를 구할 생각이었다. 실제로 그렇게 일을 꾸미려고 했다. 봉필 영감이 그간 점순이와 칠보 두 사람 사이를 악착같이 내외시켜 온 것도 그래서였다. 그러나 칠보를 내쫓는 걸 막은 사람이 점순이었다.

　"그러기만 해 봐. 내가 혀를 꽉 깨물고 죽을 거니까."

　점순이는 그 말을 봉필 영감에게 직접 하지는 못 하고 어머니에게 했다.

　"어이구, 말이 그렇지 혀 깨문다고 사람이 죽는다니?"

　"왜 안 죽어? 꽉 깨물면 죽지."

　"백날 깨물어 봐라, 사람이 죽는가. 혀 깨물어 봐야 입에 피 나는 거 말고는 없어. 말만 혀 깨물고 죽는다고 하지 정말 혀 깨물고 죽는 사람도 없고."

　"그럼 어떻게 죽어?"

　"그게 딸이 어미한테 물을 소리냐?"

　"엄니한테 묻지 않아도 알아. 칠보 내보내고 다른 사람 들이기만 하면 저 윗말 저수지에 가서 확 빠져 죽을 테니까. 다른 사람 들이려고 칠보 내보내기만 하면 이 집에 나 없는 줄 알아."

그 말을 점순이 어머니가 봉필 영감에게 했다. 봉필 영감도 처음엔 칠보를 내보낼 생각이었지만 따지고 보면 굳이 그렇게 해서 얻을 이득도 없었다. 칠보보다 일을 더 잘하는 데릴사위야 천지사방에 말을 놓으면 어쩌다 구할 수 있겠지만, 봉필 영감네 전답을 칠보보다 더 잘 아는 사람은 없었다.

전답을 안다는 것은 이런 것이었다. 한여름 장마 때 논마다 물이 넘치려 할 때 어느 논의 논둑이 제일 약한지, 그래서 어느 논의 논둑부터 물꼬를 봐야 하는지, 또 물꼬를 막아 물을 가둘 때는 또 어느 논부터 그득 채워야 하는지, 적어도 두 해는 그 집 논을 내 논처럼 관리해야 아는 일이었다.

밭에 키우는 작물도 마찬가지였다. 모든 곡식이 씨 뿌린 대로 저절로 농사가 되는 게 아니었다. 어느 밭에 어떤 작물을 심을지는 주인이 알아서 결정하겠지만, 그 밭 어느 쪽에 거름을 실하게 내야 할지, 머슴이든 데릴사위든 일하는 사람이 알아야 할 일이었다. 그 점에서 칠보만 한 데릴사위도 없고, 칠보만 한 일꾼도 없었다.

지난번에 장인 사타구니를 움켜쥐어 장인 입에서 할아버지

소리가 나오게 한 칠보는 잠시 실레마을을 떠나 자기 동네로 갔다. 그런 칠보를 봉필 영감은 점순이 때문에라도 어쩌지 못해 다시 불러와야 했다. 사랑방 문앞을 지날 때 점순이의 입이 한 발은 나와 있었다.

칠보를 다시 부르는 데는 봉필 영감의 의뭉스러운 계산속도 한몫 거들었다. 점순이 나이 열여섯이고 점순이 밑에 끝순이는 이제 겨우 여섯 살이다. 앞으로 4년은 더 칠보를 일꾼처럼 부려 먹은 다음 성례를 시켜야 한다. 그래야 끝순이가 열 살이 되고, 아무리 어려도 최소한 그 나이는 돼야 다시 어디 가서 칠보처럼 미래의 끝순이를 데려갈 데릴사위를 구할 수 있는 노릇이었다. 그러나 사실 열 살이면 너무 어려 사람이 붙을지 알 수 없다. 봉필 영감 욕심대로라면 점순이의 키와 나이가 문제가 아니라 끝순이가 열두 살이 될 때까지는 칠보를 사경 없는 머슴으로 붙들어 두어야 하는 것이다.

칠보는 이 집의 큰딸이 시집을 가고 점순이가 열두 살 적에 데릴사위로 들어왔다. 그 전에 뜨내기 일꾼 두 녀석이 헛머슴을 각각 일 년씩 살고 갔다. 애초 약조를 사경을 주는 것이 아니라 나중에 다 자란 딸을 주는 것이라 두 녀석 다 한 푼 사경을 받지 못했다. 점순이의 키는 지금도 고만만 한데 그때는 더 작았다.

칠보는 다시 봉필 영감 집으로 불려 가 처음 데릴사위 약조를 할 때처럼 단단히 약조를 했다. 칠보가 약조를 받은 게 아니라 봉필 영감이 칠보한테 다시 약조를 받았다.

"니 이쁘다구 다시 부른 거 아니다."

그러면 논에 일이 급해서 불렀슈?

하고 묻고 싶었지만 그러지 않았다.

"지난번 니가 한 행동을 보면 그냥 내쳐도 그만이지만 그래도 그간 정리를 생각해 내가 참자 하고 너를 불렀다."

어디 또 애기해 보슈.

그런 심사로 칠보는 봉필 영감 앞에 눈만 멀뚱멀뚱하고 앉았다.

"쟤 나이 열여섯이다. 조금만 더 자란 다음 성례시키겠다고 하면 너 아니어도 장정들이 마당 가득 줄을 선다."

어디 마당뿐이겠슈? 저 한길까지 내서겠쥬.

"그래서 말인데, 너 지난번 약조대로 이 집 데릴사위 노릇을 계속하려면 일 열심히 하는 건 둘째 치고 우선 어른 공경하는 범절부터 익혀야 할 게다. 나한테도 그렇고, 점순이 어미한테도 부모처럼 깍듯해야 한다, 그 말이다. 약조할 수 있겠니?"

"예. 지난번엔 지가 잘못했구만요."

"쉽게 건성으로 대답하지 말고."

"정말이구만요."

"그리고 또 하나 약조를 해야 한다. 지난번 일이 있은 마당에 다시 불렀으니 일도 더 열심히 해야 한다."

"그러겠구만요."

"또 그렇게 쉽게 대답하지 말고."

"일이야 지금도 동네 상일꾼인데요 뭐."

"그리고 나도 너에게 앞으로 다른 말 나오지 않게 단단히 약조를 하마."

"무슨 약존데요?"

"마당가 추녀 기둥에 지금 점순이 키를 재 놓았다. 거기에서 많이도 말고 두 치만 더 크면 이번 가을에라도 성례를 시켜 주마. 그 자리도 기둥에 표시해 두었다."

"두 치요?"

"그래 두 치."

칠보가 아무리 모자라 보여도 그 두 치가 점순이가 스무 살이 아니라 스물다섯이 되어도 자라지 못할 키라는 걸 모르지 않았다. 그런데도 칠보는 알았구만요, 하고 순순히 약조했다. 그러자 봉필 영감 얼굴이 대번에 환하게 밝아졌다.

그래, 너는 나한테 단단히 걸린 거다. 그런 기색이라는 걸 칠보도 모르지 않았다. 그런데도 칠보는 그 약속을 쉽게 해 주었다. 지난번 그 일이 있고 고향 마을에 갔을 때 꾀돌이 삼보가 점순이의 키 같은 건 아무 것도 아닌 비책을 일러 주었기 때문이었다.

장인 사타구니를 잡은 일로 흠씬 두들겨 맞고 고향으로 오자 다시 그곳으로 돌아가야 할지 말지 꾀돌이가 말해 주었다.

"다른 건 다 필요없고, 점순인가 뭔가 그 영감 딸이 너를 좋아해?"

"그건 틀림없어. 지난번 사단이 난 것도 사실은 점순이가 부추겨서 일어난 일이니까."

"장인 사타구니를 잡고 늘어지라고 딸이 시켰단 말이야?"

"그렇게 시킨 건 아니지만, 쐼지를 잡아 뽑으라고 시켰거든."

"그럼 다 된 거야. 콩단만 한 점순이 키 클 때 기다려 봐야 해도 안 진 하늘에 별 따기고, 너 재 너머 기태 어른 알지?"

"알지, 우리 동네에 그 양반 모르는 사람이 있나."

"그럼 그 양반이 어떻게 장가를 들었는지도 알지? 키가 숫돌마냥 자라지 않는 사람 키 클 때 기다려 봐야 너는 그 집 여섯 살짜리 막내딸 열두 살 될 때까지 헛머슴 사니까 기태 어른 본받으라고."

아하, 칠보는 비로소 무릎을 쳤다. 봉필 영감이 다시 보자는 말에 순순히 따른 것도 삼보의 말을 듣고서였다. 기태 어른은 총각 시절 옆집의 열여섯 먹은 딸과 여름이면 늘 같이 소를 먹이러 다니곤 했다. 산에 소를 풀어 놓고, 부근 밭에서 일하다가 해질녘에 소를 끌고 오는 것이었다.

그런 어느 날이었다. 맑은 날이 갑자기 안개가 끼며 음랭해지자 기태 총각은 소가 있는 곳으로 갔다. 날씨만 음랭하지 비가 올 것 같지도 않고 안 올 것 같지도 않은 일기였다. 비도 내리지 않는데 그냥 소를 끌고 가기가 뭐해 기태 총각은 좀 더 기다리자는 심정으로 낮 동안 햇볕이 따뜻하게 달구어 놓은 너럭바위에 가부좌를 치듯 앉았다. 그러자 두 팔을 겨드랑이에 넣고 입술을 오돌오돌 떨던 옆집 월순이가 "아 칩다. 오빠 나 추워." 하면서 콩 잎사귀에 작은 개구리가 올라앉듯 기태 총각의 넓적다리에 폴짝 올라앉더라고 했다.

그날의 일은 아니지만, 그해 가을 기태 총각이야말로 월순이 아버지와 오빠에게 지게작대기로 흠씬 두들겨 맞는 일로 늦가을에 성례를 했다. 꾀돌이 삼보가 그 얘기를 해 준 것이었다.

"그 집 딸 열여섯이면 시집 갈 나이 되었네. 춘향이도 열여섯에 이 도령을 만났고, 우리 동네에도 열여섯에 시집 장가간 사람 숱하다. 그러니 안 크는 키를 키울 생각 말고 그 집 딸 엉덩이와 허리도 넓다며 그거나 더 넓힐 구구를 해라."

다시 봉필 영감 집에 들어온 칠보는 여름 내내 구슬땀을 흘리며 일을 했다. 한 번도 꾀를 부리지 않아 동네 사람들이 그 집엔 소가 둘이라고 말할 정도였다. 지난봄 이후 저눔이 정말 마음을 잡았구나, 하고 봉필 영감도 흐뭇하게 바라보았다. 그럴수록 칠보는 더 열심히 일했다.

늦여름 논에 피를 뽑고, 밭에 강낭콩 거둬들이고, 감자를 캘 때쯤 칠보가 열심히 일하는 만큼 봉필 영감의 점순이 내외 단속도 그만큼 느슨해졌다. 또 칠보가 일만 열심히 할수록 논가와 밭가로 점심을 이고 온 점순이의 "이 바보, 언제까지 일만 하고 말 텐가." 타령도 잦아졌다.

그러던 어느 음랭한 날이었다. 금방이라도 비를 뿌릴 듯 먼 산의 안개가 몰려오고 날까지 오슬오슬해지는데 점순이가 밭가로 점심을 가져왔다.

"이 바보, 언제까지 일만 하고 말 텐가?"

칠보가 점심을 다 먹고 나자 점순이가 그릇을 챙기며 툴툴댔다.

"니두 춥지?"

"누가 춥다고 했나? 일만 하고 말 거냐고 했지?"

"추우면 여기 와 폴짝 앉아 봐. 그러면 나도 니 말대로 일만 하지 않지."

"증말루?"

"그래. 증말루."

그날 하루만의 일은 아니었다. 천둥과 번개가 잦으면 비가 내리는 법이었다.

그해 늦가을까지도 점순이의 키는 늘 그만만 했다. 대신에 눈에 띄게 허리가 늘어났다. 제일 먼저 눈치를 챈 것은 점순이 어머니였다. 그러나 달리 방도가 없었다. 봉필 영감 역시 딸의 배가 불렀다고 동네 사람들 다 보는 앞에 우리 집 처녀 애 뱄소, 하고 지난번처럼 칠보를 팰 수도 없었다.

그해 가을 거두미를 모두 끝낸 늦가을, 볕 좋은 날 칠보와 점순이의 잔치가 있었다. 지난봄 추녀 아래 봉필 영감이 표시해 준 점순이의 키 눈금 자리는 아직도 그대로였다. 정말 손톱만큼도 자라지 않았다.

끝순이는 콩단 같은 점순이 어릴 때보다 더 작아 팥단만 했다.

"이구, 내가 내 꾀에 넘어갔지."

봉필 영감의 한숨 소리였다.

하지 지나 백로

＼ 이기호

참말로 난 기어이 이런 사달이 벌어질지 애저녁에 알아봤다.

암, 알아봤지, 알아보다 뿐인가. 은근슬쩍 바라기도 했고, 또 기다리기까지 했으니까… 그래서인지 몰라도 어제 저녁 장인이 우리 집으로 찾아와 눈물 자국 찍어 가며 서럽게 울어 대는 모습을 보자, 앞에서는 어참, 어참, 그런 나쁜 놈을 봤나, 하면서 퍽 딱한 표정을 지어 댔지만, 실토이지 나는 어허 그놈 참 용하네, 용해, 속으로 계속 다른 생각을 했다. 용할 수밖에, 나는 육 년 넘게 뼈 빠지게 일해 주고 나서야 겨우 성례를 올리고 살림을 났는데, 이놈은 들어온 지 채 반년도 지나지 않아 장인 멱살을 움켜쥐고 흔들어 대는 판국이니… 나는 괜스레 그놈 면상을 다시 한 번 보고 싶다는 생각이 들기까지 했다.

사정인즉슨 이랬다. 내가 점순이와 성례를 올리고 난 그 이듬해 봄, 우리 장인님이 또 그 버릇 남 못 주고, 막내딸 끝순이의 데릴사위를 들인 것이다. 끝순이 개가 이제 겨우 아홉 살이지, 아마? 어이구 참. 동리 사람들이 모이면 죄다 한 소리씩 해 댔다. 욕필이, 또 십 년 머슴 얻었네, 점순이 신랑도 그렇게 벗겨먹고 겨우 성례 보내더니, 사위 부자 어디서 또 어수룩한 일꾼 하나 꼬셨나 보네. 동리 사람들은 내 앞에서도 그렇게 장인님 손가락질을 멈추지 않았다. 끝순이 개는 지 언니 허리춤에도 못 오는 앤데…. 욕필이만 수지맞았네, 그래! 사람들이 그런 말을 하면 나는 그저 귓등으로 듣는 양, 성도 내지 않고 이마 위 날파리를 쫓는 척 손바닥으로 몇 번 휘이 휘이 애꿎은 하늘만 휘저었을 뿐이다. 굳이 말하자면 나도 뭐 잘한 일은 없으니까…. 나는 속으로 그런 생각을 하기도 했다.

작년 가을, 점순이와 성례를 올리기 직전의 일이었다.

몇 번을 장인님과 다투고, 또 몇 번을 장인님의 지게막대기질 세례를 받고 난 뒤에도, 분하고 눈에서 불이 픽 나고 하는 것을 참아 가며 점순이가 열여덟 살이 될 때까지 버티고 또 버텨 냈다. 참말로 그해까지도 성례를 시켜 주지 않으면 나는 징역을 가는 한이 있더라도 볏섬에 불이라도 지를 셈이었다.(실제

로 우리 장인님은 작년 입추가 가까워지자 또 슬금슬금 딴소리를 하
기 시작했다.) 아니, 이게 나라 법이 그런 걸 어째? 무조건 스물
하나가 되어야 성례도 할 수 있다잖아? 안 그러면 장인도 징역
가게 안 생겼나, 그러니, 삼 년만 눈 딱 감고… 운운. 아이고, 그
법률 그대로 따르자면 우리 동리에서 징역 안 갈 사람 하나 없
겠네유! 영득이 각시도 열일곱에 아들을 떡하니 낳았구유, 올
해 봄에 혼사 치른 뭉태 색시도 열여덟이래유! 뭐, 나라 법으로
따지자면, 그러면 우리 동리가 다 가막소겠네유! 여기서 사는
거 자체가 다 징역이겠네유! 나는 장인님이 딴소리를 할 때마다
그렇게 빽빽 소리를 쳐 댔다.(하지만, 예전처럼 장인님 바짓가랑이
를 움켜잡고 매달리는 짓은 하지 않았다. 그래 봤자, 늘 머리가 터지
는 사람은 나뿐인 걸 이제 알았기 때문이다.) 그래도 계속 장인님
이 딴소리를 해 대서 처서가 지난 다음 날이던가, 아침밥을 먹
고 논으로 나가는 길에 장인님 앞에 너붓이 조선절을 올리고
그대로 엎드리었다.

"너, 또 왜 그러니? 뭘 또 잘못 먹어서 아침부터 이래?"

"지금 말씀을 해 주셔야 하겠구만유. 올해 성례시켜 주실 건
지, 아닌지유."

"기껏 밥 처먹구 또 그 소리니? 아, 올해 농사 되는 거 보구
얘기하자구 그랬잖니!"

"그래유? 지금 맹세 못 해 주시겠다는 거쥬?"

"너 또 일허다 말구 내뺄 생각이니? 너, 진짜 징역 한 번 가 볼 참이야!"

장인님 그 말에 나는 자리에서 벌떡 일어나서 논으로 가는 길이 아닌, 동리로 가는 길로 몸을 돌려세웠다.

"뭐니, 너 또? 너 또 구장님한테 가려고?"

"아니유. 이번엔 배 참봉 어른을 만나 볼까 해서유."

내 말에 장인님은 얼굴이 빨개가지고 한 달음에 내 앞으로 다가왔다.

"무에? 네가 거길 왜 가? 네가 그 어른 댁에 왜 가냐고!"

"그냥 그 댁 마당에 가서 콱 혀 깨물고 죽으려구유. 이래 죽으나 저래 죽으나 마찬가지일 텐데유, 뭐."

"이 자식이 또!"

장인님은 그러면서 예전처럼 또 지게막대기를 집어 들었다. 나는 눈 하나 깜짝 안 하고 장인님 앞으로 머리를 내밀었다.

"마음대로 잡어먹어유. 머리가 터지면 기어서라도 그 댁에 갈 테니께. 가서 이 댁 마름 하는 우리 장인님이 양반이 뭐 별게 있느냐며, 자기도 이제 번듯한 가문 하나 이루었다고, 그래서 나 같은 머슴은 사위로 못 삼겠다고, 이렇게 두들겨 패고 내쫓았다고 이실직고할 테니까, 마음대로 해유, 자, 때려유."

내가 그렇게 버티자, 우리 장인님은 지게막대기를 들었다 놨다, 얼굴을 구겼다 폈다, 하면서 사지를 부르르 떨더니, 한참 만에 툭, 손에 든 것을 놓고 풀 죽은 목소리로 말했다.

"오냐, 맹세한다, 맹세해. 아이구 그놈 참 독하기도 해라… 이놈아, 올해 한로 되기 전에 성례 치러 줄 테니 어여 가서 피나 뽑아!"

아아, 이렇게 쉬운걸, 진작부터 이렇게 약조를 받아 냈으면 될 것을… 그것도 모르고 몇 해 동안 그 난리를 치고 얻어터진 걸 생각하니, 속 좁게도 점순이가 야속하게만 여겨졌다. 나한테 넌지시 배 참봉 어른 얘기를 꺼낸 것도 점순이었고, 그 집에 가서 드러누우라고 가르쳐 준 것도 점순이었다. 망할, 난 어쩨 그 생각을 못 했단 말인가. 나는 장인님의 힘 빠진 어깨를 보면서 기쁘기는커녕 어쩐지 내 두 다리의 힘도 죄다 빠져 버리는 기분이 들었다.

그렇게 그해 한로 전전날, 점순이와 성례를 치르고 따로 살림을 냈다. 우리 장인님이 그래도 착한 것이, 그간 미운 정 고운 정 다 들어서인지 새고개 맞은 봉우리 화전밭도 내 앞으로 내주고 초가도 한 칸 얻어 주었다. 배 참봉 댁 논 두 마지기도 따로 얻어 부치게 해 주었다.

성례 치르기 며칠 전엔 장인이 방으로 불러 이런 말을 하기도 했다.

"그만하면 둘이 살림 나는 데는 문제없을 거고… 우리 끝순이 사위 들어오기 전엔 그래도 사위가 우리 농사일도 좀 거들어 줘야 해. 이게 다 지금까지 자네가 했던 일 아닌가?"

나는 성례를 치르고, 살림을 낸다는 생각에 그저 네, 네, 하고 넙죽 대답하고 말았다. 늘 하던 일인데 까짓것… 나는 진심으로 우리 장인님을 도울 작정이었다.

하지만, 여전히 모를 것이 여인네 속마음이어서, 성례를 치르고 보름도 채 되기 전에 장인님 집 장작을 해 주러 나가는 내 팔을 점순이가 움켜잡았다.

"뭘 사내가 그렇게 뻔질나게 처갓집을 드나든데요?"

"아, 다 자네 부모님 도우러 가는 길 아닌가? 땔감도 해 주고 안야 여물도 쒀 주고."

"뭐 잘해 준 거 있다고… 정 장작 하려거든 우리 집 장작이나 마저 더 해요."

나는 그렇게 샐쭉하니 말하는 점순이에게 눈을 한 번 부라렸다.

"아, 내 부모한테 잘한다고 이러나, 다 자기 부모 위한다고 이러지!"

내가 그렇게 말하자, 점순이가 돌아서 쫑알거렸다.

"그렇게 사경도 안 주면서 부려먹었으면 뒷골 콩밭이라도 내 줘야지, 새고개 화전밭이 뭐람, 화전밭이."

점순이는 그러면서 동리 사람들이 다 서방 얕잡아 본다고, 육 년 일하고 돌무더기 화전밭 하나 얻고 실실거린다고, 성례를 올리고서도 여전히 머슴살이한다고, 쏘아붙였다. 나는 조금 어 안이 벙벙해져서,

"그럼, 어쩌나, 이 사람아. 장인님과 그렇게 약조를 했는데…." 말했더니,

"그 약속 안 지키면 징역을 간답디까, 명이 짧아진답디까? 이 미 따로 살림도 낸 몸, 아버지가 뭘 어쩼다고."

하는 답이 돌아왔다.(그러더니 점순이는 아예 방문 앞에 주저앉 아 나를 나가지도 못 하게 막아섰다.)

그러니까 내가 조금 켕기는 것이 바로 그 약속 때문이었다. 내가 장인님과의 약속을 지키지 못해서(장인님은 내가 일을 도우 러 오지 않자, 몇 번을 우리 집에 찾아와서 '박 서방 게 있는가?' 불 러 댔다. 그때마다 나 대신 점순이가 마실을 갔다는 둥, 천렵을 갔다 는 둥, 잘도 둘러댔다. 과연 점순이의 말대로 장인은 흠흠, 헛기침 만 몇 번 했을 뿐, 예전처럼 지게막대기를 들지도, 성을 내면서 소리

를 치지도 않았다.), 그래서 우리 장인님이 또 급하게 데릴사위를 들인 것이라 생각하니, 관격이 난 것처럼 속이 더부룩해졌던 것이다.

⚬⚬⚬

끝순이의 데릴사위를 하겠다고 들어온 사내는, 체격은 나보다도 머리통 하나는 더 작았지만 눈꼬리는 마치 족제비처럼 위로 솟은 게, 마냥 어수룩해 보이지는 않은 친구였다. 소학교까지 다니다가 돌림병으로 부모도 잃고, 그 바람에 제 신세가 따분하게 여겨져 이곳저곳 떠돌다가 우리 동리까지 오게 되었다는데, 나를 보자마자 '형님, 형님' 굽실굽실 해 대는 꼴이 그리 썩 미덥진 않았다. 더구나 그 친구가 오고 난 뒤부터 장인은 날볼 때마다 '뭐, 일을 여간 잘해야지. 자네처럼 한 입으로 두말할 것 같지도 않고 말이야.' 하면서 비아냥거려 까닭 없이 약이 오르고 성이 나곤 했다.

한데, 바로 어제 저녁, 우리 집에 들른 장인님이, 그렇게 침이 마르도록 칭찬해 대던 막냇사위 때문에 눈물을 떨구고 방바닥을 쳐 대면서 하소연을 한 것이었다.

"내가 호랭이 새낄 받았지, 호랭이 새낄 받았어. 집 나온 강아지 한 마리가 들어왔다고 생각했는데…."

이야기를 들어 보니, 우리 장인님이 이번엔 제대로 된 사위를 하나 얻은 것 같았다. 춘분 지나 모도 다 혼자 내고, 그러면서도 장인님한테 살살거리면서 마음을 주는 게 기특해 막내 데릴사위와 술을 한잔 마셨다는 것이다. 또 예전 나한테 그랬던 것처럼 우리 끝순이가 웬만큼 크면 성례를 시켜 주겠다고 약조를 하면서 주거니 받거니 술잔을 돌렸는데, 그러다가 이 막냇사위란 친구가 '그럼, 그러지 말고 장인님이 여기 지장 한 번 찍어 달'라고 종이 쪼가리를 내밀었다는 게 아닌가. 술도 얼큰해졌겠다, 글도 잘 몰랐던 우리 장인님은(그랬다, 우리 장인님은 나처럼 까막눈이었던 것이다!), '남자가 누구처럼 한 입으로 두말하면 쓰겠나.' 하면서 호기롭게 지장을 꾹, 찍어 주었다는데, 그게 우리 장인님의 수염을 잡아챈 꼴이 되고 말았다.

"그 다음 날부터 이놈이 일도 안 하고 밥만 축내고… 당장 꺼지라고 해도 빙장님, 빙장님, 저하고 계약을 했잖아요, 저기 안목골 논만 제가 돌보면 된다고. 그건 제가 다 알아서 할 테니까 빙장님은 아무 걱정 마세요…. 오늘 저녁에 어떻게 닭 마리라도 잡아서 술 한잔 할까요, 이러기만 하고… 아이고, 내 팔자야… 그놈이 우리 집 재산 다 축낼 판일세."

장인님은 그렇게 하소연을 해 댄 것이다. 그러니, 나는 그 막내 데릴사위가 용하다고 생각할 수밖에… 역시, 사람은 글을 배워야 하는 것인데… 나는 글을 모르니 육 년이나 데릴사위를 한 것이지…. 나는 뭐 그런 생각을 하면서 가만히 앉아 있기만 했다.

하지만, 그날 밤, 나는 장인님과 함께 집을 나서 다시 처가로 걸어가야만 했다. 함께 살을 맞대고 살아도 여전히 그 속을 알 수 없는 우리 점순이가, 나와 장인님의 등을 떠밀었기 때문이다.

"그래, 그걸 보고만 있어요? 지장을 찍은 종이인지 목판인지 확인을 해야지!"

장인님과 내 말을 문밖에서 잠자코 듣고만 있던 점순이가 방 안으로 들어와 그렇게 말했다.

"봐도, 뭐… 우리가 뭘 아나…?"

내가 그렇게 말하자, 점순이가 바로 쏘아붙였다.

"누가 그걸 보고 읽으래요, 없애면 되지! 아버지 땅마지기, 엉뚱한 놈 손아귀에 다 들어가는 꼴 보고만 있을 거예요!"

아아, 그렇구나. 장인님과 나는 서로 눈을 마주보고 고개를 끄덕거렸다.

장인님과 나는 어두운 밤길을 달빛에 기대 걸어갔다. 이제 하지도 지나 낮에는 뜨거웠으나, 밤공기는 그런대로 아직 시원했다. 비릿한 풀 내도 자욱했다. 어디선가 두꺼비가 시끄럽게 울어 댔고, 부엉이 소리가 끊어질 듯 끊어지지 않고 계속 들려왔다. 장인님은 내 바로 앞에서 터덜터덜 발걸음을 옮기고 있었다. 육 년 동안 그렇게 괄시를 하고, 또 막내 데릴사위 얻었다고 으스대던 모습은 다 사라지고, 어딘지 짜부라지고 맥 빠진 노인네 한 명이 걸어가고 있었다. 그 모습을 보니 또 짠하고 안쓰러운 마음이 들었다. 그래도 성례시켜 주고 등도 두들겨 준 우리 장인님인데….

나는 일부러 장인님에게 말을 걸어 보았다.

"장인님, 예전 생각 나세유?"

"무슨 생각 말인가?"

장인님이 힘없는 목소리로 대꾸했다.

"왜, 예전에 장인님이 제 바짓가랑이 움켜잡고 매달린 거 말이에유."

풀벌레가 스르르, 스르르, 울기 시작했다.

"거, 뭐… 좋은 일이라고 기억을 해…."

장인님은 뒤도 돌아보지 않고 그렇게 말했다.

"오늘, 그거 한 번 다시 해 보자구유."

그제야 장인님이 걸음을 멈추고 나를 돌아봤다.

"제가 그놈 팔을 꼼짝 못 하게 잡고 있을 테니께유, 장인님이 그놈 바짓가랑이를 움켜잡으세유. 그러면 제가 재빠르게 그놈 몸에서 그 계약서인가, 뭔가 빼낼게유."

내가 그렇게 말하자, 장인님은 한참을 말없이 서 있다가 다시 뒤돌아 걷기 시작했다. 아까와 다르게 뒷짐도 지고, 걸음도 뒤틀게 걷기 시작했다. 이제 뒷골 콩밭만 지나면 바로 장인님의 집이었다.

장인이 툭 내게 말을 건넸다.

"어떻게? 그럼 지게막대기는 사위가 들 텐가?"

여름밤이 깊어 가고 있었다.

입하

전석순

돌아선 남자는 그길로 다시는 돌아오지 않았다. 걸음이 어찌나 옹골찬지 불러 세우지도 못했다. 불렀다면 돌아서긴 했을까. 한 번쯤 힐끔거렸을 수도 있었고 못들은 척 내달렸을 수도 있었다. 여기서부터 할머니의 생각은 매번 다른 방향으로 틀어졌다. 그래서 어떤 날은 종일 히죽거렸고, 벽만 보고 서 있다가 겨우 밥 먹을 때쯤 돌아서기도 했다. 너는 어느 쪽이 맞는 얘긴지 매번 헷갈렸다. 어쩌면 진짜는 아직 나오지 않았을 수도 있었다. 그래서 할머니의 얘기에 더 귀를 기울이게 되는 건지도 몰랐다.

이어지는 이야기는 매일 조금씩 달라졌지만 하나만큼은 분명했다. 그때 남자가 짓던 표정을 할머니는 거의 정확하게 기억하고 있었다. 이야기가 끝날 때쯤이면 할머니는 그 표정을 따라 하려는 것처럼 입술을 달싹이며 한쪽 눈을 찡긋거렸다. 하지만 할머니의 얼굴은 단단하게 굳어 있어서 딱히 표정이 달라지지 않았다. 겨우 농도가 조금 진해지거나 윤곽이 또렷해지는 정도였다. 그래도 할머니는 열심히 얼굴 근육을 움직였다. 남은 날을 단 하나의 표정으로 살 순 없다는 듯이.

이야기 속에서 남자의 표정이 번지다 이내 흐리멍덩해질 때쯤 할머니가 버릇처럼 뱉는 말이 있었다. 목소리에 숨이 많이 뒤섞여 있어서 처음엔 잘 알아들을 수 없었다. 얼핏 들으면 주문이라도 외우는 사람처럼 보이기도 했다. 서너 번쯤 듣고 나서야 너는 목소리를 정확하게 알아들을 수 있었다.

"이름 한 번 못 불러 줬는데…"

그 목소리는 할머니의 오전 일과가 끝났다는 뜻이기도 했다.

네가 할머니를 맡고 나서 벌써 몇 차례 계절이 바뀌었다. 하지만 너는 하루에도 몇 번씩 할머니에게 이름을 알려 줘야 했다. 그때마다 할머니는 잘 알아들었다고 되알지게 쏘아붙였다. 그럴 때면 정말 열여섯 점순이로 돌아간 것 같았다. 당직을 서는 네게 다가와 "밤낮없이 일만 하다 말 텐가!" 했을 때도 너는 비슷한 생각을 했다. 할머니가 들려주는 얘기가 영 허튼 소리만은 아닌 것 같았다. 최소한 자기가 미스코리아였다거나 지금도 고향 집에 가면 금송아지가 예닐곱 마리쯤 남아 있을 거라는 소리보단 훨씬 그럴 듯했다. 그래서 나중에는 담당이 아닌 사람들까지도 할머니 얘기를 들으러 오곤 했다.

한때 너는 할머니가 조금씩 나아지고 있다고 생각했다. 세수할 때 언제 숨을 참고 언제 내뱉어야 하는지 잊는 바람에 매번 콧속으로 물이 들어가면서도 종종 제법 선명한 기억을 꺼내 놓았기 때문이다. 언젠가는 네가 지나가는 말로 흘려 말했던 어머니 생신이나 전화번호 같은 것도 곧잘 기억해 내곤 했다. 시계 보는 법이나 구구단은 자주 잊어도 끝내 잊지 못하는 기억이 있는 듯했다. 열여섯의 이야기도 그중 하나였다.

몇 번은 정말인가 싶어 선생님께 여쭤 봤다. 가족들과 상담한 내용을 들어 보면 할머니가 거짓말을 하는지 아닌지 알 수 있을 것이었다. 누군가는 당연히 지어낸 얘기일 거라고 했지만 네 짐작은 좀 달랐다. 하지만 돌아오는 선생님의 대답은 늘 두루뭉술하기만 했다.

"진짠지 아닌지 따져 볼 생각하지 말고 그냥 귀담아 들으세요. 그게 치료의 시작입니다."

번번이 입을 비죽이며 돌아서는 네게 한 번은 선생님께서 덤을 챙겨 주는 것처럼 목소리를 보탰다. 봉필 영감이 남자를 살

살 구슬릴 때의 목소리가 그럴 것 같았다.

"모르긴 몰라도 그렇게 자주 하는 걸 보면 뭔가 귀한 얘기일 테죠."

유심히 듣다 보면 할머니의 이야기가 점점 촘촘해진다는 것을 알 수 있었다. 이파리가 훨씬 큼직해졌고 어느새 잔가지가 돋아나 시야를 가득 채웠다. 숲이 한 뼘쯤 더 넓어지기도 했고 그 안에서 새로운 나뭇가지가 우거져 햇빛이 파고들 틈이 없을 때도 있었다. 인물은 점점 생동감이 넘쳤고 목소리는 활달해졌다. 그에 따라 갈등도 세밀해졌다. 그래서 너는 할머니의 기억이 조금씩 돌아오는 것 같다고 생각했다. 이곳에서 할 수 있는 건 치료가 아니라 단지 병을 더디게 하는 것뿐이란 것을 알면서도 생각은 달라지지 않았다. 숲이 절정에 닿았을 때 너는 퇴근하려던 선생님을 모셔 왔다. 선생님은 의심을 거두지 않으면서도 혹시나 싶은 심정으로 물었다.

"구구단 5단 아시죠? 한번 외워 볼까요?"

"…"

선생님은 시선을 조금 비껴 다른 목소리를 던졌다.

"점순이 할머니, 그러지 마시고 올해 연세가 어떻게 되는지 알려 주세요."

할머니는 머뭇거리다가 이내 발을 동동 굴렀다. 남자가 아버지의 호령에 아무 소리 못 하고 있을 때 꼭 저랬을 것만 같았다. 밤낮으로 일하는 것밖엔 모르던 남자. 나를 데려가 살 생각이 있기나 한 건지. 처음에 너는 할머니의 생각을 짐작할 수 없었지만 여러 번 듣다 보니 이제는 훤히 꿰뚫어 볼 수 있었다. 여차하면 할머니는 남자와 야반도주라도 할 생각이었다. 무딘 남자도 그쯤이면 같이 도망을 치든 당장 혼례를 올려 달라고 호기롭게 선을 긋든 할 것이었다. 이제 며칠만 지나면 할머니의 얘기 속에 점순이가 나서는 장면이 꼭 나올 것만 같았다.

선생님이 한 번 더 물었다. 아까보단 좀 더 굵직한 목소리였다. 어쩌면 선생님의 목소리가 아버지의 불호령처럼 느껴졌을지도 몰랐다. 그런 목소리로는 아무것도 할 수 없었다. 봉필 영감은 그것까진 몰랐다. 봉필 영감의 목소리가 좀 달랐다면 지금쯤 할머니는 다른 곳에 계시지 않았을까. 너는 울창한 숲속에서 빈 나뭇가지를 발견한 얼굴로 서 있었다.

할머니는 천천히 고개를 들어올렸다. 여전히 박제해 놓은 것처럼 표정은 똑같았다. 화를 내고 있는 것도 같았고 얼굴 아래 웃음을 숨기느라 애쓰는 것도 같았다. 열여섯에는 하루에도 수십 번씩 표정을 바꾸었을 것이다. 남자를 살살 달랠 때와 아버지에게 한마디도 못하고 쩔쩔매는 남자를 대할 때의 표정이 확연히 달랐을 것이다. 쉼이라도 잡아채라고 할 땐 또 어떤 표정이었을까. 이야기가 점점 풍성해지는 것과는 달리 할머니의 표정은 단순해졌다. 그러자 너는 늙는다는 건 표정을 하나씩 잃어버리는 것일지도 모른다는 생각이 들었다. 단 하나의 표정이 남는다면 어떤 것일까. 네 생각이 나아가기 전에 할머니가 입을 열었다.

"저기…."

"이제 기억나셔요?"

"점순이가 누군데 나한테서 찾아?"

선생님은 맥이 풀려 어깨를 늘어뜨렸다. 돌아서면서 너를 한 번 힐끔거리는 것도 잊지 않았다. 너는 주춤거리며 뒤로 물러났다. 이런 일이 벌써 몇 번 있었다. 자식들 주민등록번호까지 줄줄 외우시기에 선생님을 모셔 오면 자식이 있는 것조차 기억이 가물가물하다고 했다. 더 나아가 남편도 없는데 자식이 어떻게 있을 수 있느냐고 되묻기도 했다. 너는 할머니가 일부러 자기를 약 올리는 건 아닌가 하는 생각이 들었다.

문을 열고 나서려던 선생님은 걸음을 멈추고 돌아섰다.

"할머니 혈압 좀 체크해 보세요. 그리고 평소에 안 하시던 얘기를 하면 그때 부르세요. 아직 제법 쌀쌀한데 외투라도 하나 더…."

이어지는 목소리는 문이 닫히면서 잘려 나갔다. 문이 완전히 닫히자 너는 따지는 듯이 묻고 싶었다. 하지만 생각과는 달리 목소리는 말랑말랑했다. 여기선 할머니 말고 아무도 목소리를 높일 순 없었다. 어떤 자극도 허락되지 않았다. 그것이 요양원의 첫 번째 규칙이었다.

"할머니 아까 이름이 점순이라고 했던 것 같은데… 그럼 점순이는 누굴까요?"

"내가 그랬어? 그러고 보니 어디서 많이 들어 본 이름 같기도 하고."

약이 오른 너는 할머니의 어깨에 스웨터를 얹으면서 맘을 풀었다. 할머니는 덥다며 온몸을 털어 냈다. 그 바람에 스웨터가 바닥에 떨어졌다. 할머니는 카디건만 걸치고 있었다. 처음 요양원에 들어오실 때는 한겨울이었는데도 얇은 티셔츠 차림이었다. 얇은 티셔츠는 딸이 할머니를 눈여겨 본 이유이기도 했다. 마늘을 사러 마트에 갔다가 그냥 돌아오거나 주말에 들르라고 해서 갔는데 어쩐 일로 왔냐고 되묻는 것보다 더 수상해 보였다. 이제까진 나이 들면 그럴 수도 있겠다 싶은 것이었지만 겨울에도 깜빡 잊고 외투를 걸치지 않는 건 좀 다른 문제였다. 딸은 어쩌면 혼자 지내기 시작하면서부터 뭔가를 잊기 시작한 것 같다고 했다. 아버지는 합병증으로 일 년 가까이 누워만 있다가 이제 겨우 바람에 흔들리는 것처럼 운신할 수 있었다. 딸의 신

경이 온통 아버지에게로 향했을 때 할머니는 혼자서도 잘 사는 것처럼 보였다.

딸은 요양원에 오고 나서야 어떤 노인은 일 년 내내 코트만 입고 산다는 것을 알았다. 더위에 땀으로 온몸이 흠뻑 젖어도 벗을 수 없는 노인이었다. 그래도 아예 아무것도 입지 않으려고 발버둥치는 것보단 나았다. 그럴 때는 어쩔 수 없이 독방으로 모셔야만 했다. 다리를 저는 노파가 딸에게 달려들어 무작정 잘못했다고 빌 때는 엄마를 여기에 맡겨도 괜찮을지 판단이 서지 않았다. 하지만 결국 엄마를 여기 모시는 것 말곤 뾰족한 수가 없다는 것을 받아들였다. 그나마 요양원의 인테리어가 봄에 맞춰져 있다는 게 다행이었다. 벽지는 대부분 노란색이거나 연두색이었고 조도는 조금 낮았다. 온도나 습도도 종일 봄에 맞춰져 있었다.

"엄마가 봄을 좋아하셨거든요."

딸은 할머니를 두고 떠나기 전 누구에게랄 것도 없이 혼자 중얼거렸다.

할머니는 옷차림만 그런 게 아니라 정말 봄이라고 생각하는 듯했다. 눈이 오면 "올해 꽃샘추위는 대단하구먼. 눈까지 내리고." 했다. 여름에는 "벌써부터 이렇게 찌면 여름에 어쩌려고." 했고 단풍이 들면 너에게 "봄에도 은행나무에 단풍이 드는가?"

하고 네게 물었다. 처음에는 "세상에 그런 은행나무는 없습니다."라고 단호하게 말하던 너도 이제는 유순한 목소리로 "글쎄요. 그런 나무가 있는지 같이 한번 찾아볼까요?" 할 줄 알았다.

이곳에 모인 사람들의 기억은 제멋대로였다. 한곳에 단단히 붙박여 있는 사람도 있었고 점점 과거로 돌아가는 사람도 있었다. 속도는 제각각이었다. 하루 만에 일 년을 뛰어넘기도 했고 서너 달 동안 하루 전으로 돌아가기도 했다. 계속 과거로 돌아가다가 어느 순간 딱 고정된 사람도 있었다. 할머니가 그랬다. 잠깐 외출을 하는 것처럼 서른다섯쯤이나 환갑을 오가기도 했지만 결국 다시 돌아가는 시간이 있었다. 아무래도 그게 열여섯의 봄인 듯했다. 남자가 모내기를 한다고 했으니 맞을 것이었다. 왜 하필이면 그때인지 너는 알지 못했다. 면회 온 딸에게 슬쩍 물어봐도 자기도 궁금하다고 할 뿐이었다. 선생님의 말씀을 들어도 명징해지는 건 없었다. 가장 행복했거나 힘들었던 순간일 수도 있었고 후회되거나 돌이키고 싶은 순간일 수도 있었다. 대개는 끝내 모르는 채로 지나갔다.

그나저나 남자와는 어떻게 됐을까. 할머니는 번번이 뒷얘기를 전하지 않았다. 네가 더 캐물어 봐도 할머니는 손사래를 치며 내가 무당도 아니고 아직 닥치지도 않을 일을 어떻게 아느냐

고 소리쳤다. 한나절쯤 지나 슬쩍 다시 물으면 자기가 언제 그
런 소리를 했냐며 펄쩍 뛰었다. 이어선 아버지에겐 말하지 말라
고 신신당부를 했다. 너는 몇 번이고 약속했다.

할머니는 네 이름처럼 금방 했던 얘기도 돌아서면 잊었다. 하
긴 점심 먹은 것도 잊고서 왜 밥 안 주냐고 따지기도 하는데 그
럴 만도 했다. 갑자기 밭에 새참을 내가야 한다며 일어서기도
여러 번이었다. 처음에는 사고라도 날까 싶어서 말렸지만 선생
님은 그러지 말라고 했다. 그때부턴 그냥 조심히 다녀오시라고
만 했다. 그러면 요양원 현관까지 나섰다가 정원만 한참 바라
보곤 다시 들어왔다. 네가 "새참 잘 드리고 왔어요?" 하면 남의
얘기인 듯 대꾸도 하지 않고 병실에 들어가 누웠다. 그래서 너
는 네 얘기를 털어놓을 수 있었다. 어차피 금방 잊을 테니까. 기
억난다고 해도 금방 열여섯으로 돌아갈 테니까.

너의 아버지는 남자를 탐탁찮아했다. 변변한 직업이 있는 것
도 아니었고 수줍음이 많은 남자였다. 아버지가 뭐만 물으면 얼
굴부터 발그레해졌다. 너는 얼굴색 하나 변하지 않고 사랑한다
고 말하는 남자보단 훨씬 믿음직스러웠지만 아버지는 달랐다.
술이 약하다는 것이나 흔해 빠진 인물도 아버지 맘에는 안 차
는 눈치였다. 너는 자기도 좋은 조건의 여자는 아니라고 했지만
아버지는 그럴수록 남자가 더 번듯해야 한다고 맞섰다. 여기까

지 말했을 때 자는 줄 알았던 할머니는 눈을 홉떴다. 다시 점순이로 돌아간 것 같았다. 목소리부터 평소와는 달리 카랑카랑했다. 꼭 언니나 여동생에게 말하는 투였다.

"아버지는 다 그래. 누굴 데려와도 맘에 들지 않을걸. 술을 잘 마시면 그건 또 그거대로 흠이고 인물이 훤하면 얼굴값 할 거라고 야단이지. 넉살 좋은 놈을 데려가 봐도 마찬가지야."

너는 괜히 키득거렸다. 하지만 이어지는 목소리에선 숨소리를 낮췄다.

"세상 어떤 남자여도 딸 주기엔 아까운 법이지. 그걸 좀 일찍 알았더라면."

이어서 할머니는 떠난 남자에 대해 털어놓았다. 처음 듣는 얘기였다. 남자가 떠나고 며칠 동안은 분하기만 했다. 사 년도 참았으면서 그깟 일로 집을 나가는 게 사내답지 못한 것처럼 보였다. 저런 사내랑 같이 살려고 안달이었나 싶은 맘까지 일자 울화통이 치밀었다. 그 와중에 봉필 영감은 자기가 내쫓은 꼴이 된 탓에 점순이 눈치를 살살 살폈다. 점순이는 "저깟 놈도 사내랍시고…" 하면서 홱 돌아섰다. 그제야 봉필 영감은 며칠 새 또 다른 데릴사위를 찾았다. 언제까지 일할 사람이 없어 속만 끓일 순 없었다.

새로 온 머슴은 이전 남자보다 더할 것도 못할 것도 없는 남자였다. 점순이가 저놈이 올해는 넘길 수 있으려나 싶은 생각에 콧방귀를 뀌면 그걸 웃음으로 알아듣고 한나절 부지런히 일하는 남자였다. 그때 점순이는 잘 견뎌 오던 남자가 왜 떠났는지 짐작할 수 있었다. 이 집안에 자기 편이라곤 아무도 없다는 걸 깨달았을 것이었다. 그동안은 아무리 멸시를 받고 매질을 당해도 딱 한 사람, 내 편이 있다는 생각에 버틸 수 있었을 것이었다. 그러자 점순이는 이 집안에도 내 편이 없어졌다는 데에 생각이 닿았다. 아버지는 점순이 덕분에 공짜로 머슴을 부릴 생각만 했지 점순이가 좋아하는 남자가 누군지에 대해선 일절 관심 없었다. 이 집에서 진정 점순이를 생각해 줬던 사람은 하나뿐이었다.

그날 밤 점순이는 보따리를 쌌다. 남자를 다시 데려올 작정이었다. 점순이는 남자의 입장이 되어 생각을 되짚어 봤다. 내가 남자라면 어디로 떠났을까. 고향으로 갔나. 아니면 근처에 숨어서 상황이 돌아가는 꼴을 좀 지켜봤을까. 나중에 선생님은 이 부분에서 귀를 기울였다. 특정한 사람을 자기 자신처럼 말하는 것은 주목할 만했다. 어쩌면 거기에 할머니에 대한 비밀이 숨겨져 있을지도 몰랐다.

그쯤에서 할머니는 헛기침을 했다. 너는 가습기를 줄였다. 할머니의 얼굴이 한결 선명해졌다. 표정이 평소와 조금 달라진 것도 같았다. 밋밋한 무늬가 얇게 얹힌 듯했다.

"맘이 내키면 무조건 잡아. 결국 평생 그 남자에게 사로잡혔어. 땅에 떨어져 흙 묻은 사탕을 별거 아니란 듯이 툭툭 털어 먹는 걸 볼 때마다, 집안일 좀 도와 달라고 하면 배가 아프다고 꾀를 부릴 때마다, 친구한테 빌린 돈을 받으러 가서도 말 한마디 못하는 숙맥이란 걸 알았을 때도 온통 그때 남자 생각이었지. 사람이 참 안 변하더라."

그건 마치 남자에게 못한 말을 이제야 전하는 것처럼 들렸다.

너는 변하지 않는다는 게 점순이 할머니 얘기인지 남자 얘기인지 헷갈렸다. 집을 나선 할머니가 결국 남자를 찾아냈을까. 아니면 봉필 영감에서 붙잡혀 와서 흠씬 두들겨 맞았을까. 어쩌면 그 전에 남자가 먼저 돌아오진 않았을까. 그랬다면 새로 온 남자를 밀어내고 결국 식을 올리긴 했을까. 사실 네가 가장 궁금한 건 따로 있었다. 일 년 가까이 누워 계셨다던 할아버지가 그 남자인지 아닌지. 너는 이 모든 궁금증을 하나의 질문으로 똘똘 뭉치고 있었다. 그 사이 할머니는 나지막하게 코를 골고 있었다. 집을 떠나 며칠 동안 남자를 찾아 헤맨 것처럼 피로한 얼굴이었다.

네 궁금증이 풀릴 날은 생각보다 일찍 찾아왔다.

창문은 딱 한 뼘만 열렸다. 자칫 환자들이 밖으로 뛰어내릴 수 있기 때문이었다. 그 한 뼘만으로도 바깥 공기가 들어오기에는 충분했다. 온기를 품은 바람이 상담실 안에 살금살금 들어섰다.

"할머니 이름이 뭐예요?"

"나? 아, 몇 번을 말해? 점순이라니까."

선생님의 입가가 슬쩍 올라갔다. 열 번 물으면 서너 번은 망설였고 서너 번은 남의 이름을 왜 묻느냐며 화를 냈다. 겨우 한두 번 제대로 말할 수 있었다. 오늘이 그런 날이었다. 내친김에 선생님은 망설임 없이 다음 질문으로 넘어갔다. 이대로라면 오늘 가족을 알아보는 것도 무리는 아니었다. 어젯밤 딸은 아버지와 함께 올 수 있을 것 같다고 했다. 그러니 할머니가 놀라시지 않게 미리 말해 달라고도 했다. 자극을 받아 이상 행동을 보이면 곤란하기 딸도 마찬가지였다. 그래도 이제 휠체어를 타면 이동할 수 있을 정도는 된 모양이었다. 너는 잠들기 전 할머니의 귓가에 대고 내일 할아버지가 올 거라고 속삭였다. 할머니는 너를 향해 그동안 고생이 많았다고 하고 금방 잠들었다. 잠꼬대 같은 목소리였다. 너는 그 말이 할아버지에게 건네는 말인 것만 같았다.

"할머니 지금이 어떤 계절일까요?"

"지금, …봄이지."

선생님은 옆에 앉아 있던 너를 쳐다봤다. 정기 상담 때마다 나오는 질문에 할머니는 늘 봄이라고 대답했다. 오늘은 입하였다. 여름의 시작이라고는 하지만 아직 본격적인 더위는 먼 일처럼 느껴졌다. 공기 속에도 열기는 미약했고 습도도 그다지 높지 않았다. 아침저녁으로 제법 쌀쌀한 바람이 불기도 했다. 그러니 할머니의 대답이 맞은 건지 아닌지 알 수 없었다. 선생님도 비슷한 생각을 했는지 질문을 이어 나갔다. 너도 예상할 수 있는 질문이었다.

"봄 다음에는 뭐가 올까요?"

선생님은 들릴락 말락 하는 목소리로 물었다. 할머니는 고개를 천천히 기울이더니 눈을 조금 감았다. 안 들려서 그러는 건지 기억이 나지 않는 건지 알 수 없었다. 봄이 지난 후를 한 번도 생각해 본 적이 없는 사람 같았다. 선생님은 목소리를 약간 높여 다시 물었다. 할머니가 겨우 입술에 침을 발랐다. 입술은 금세 다시 말라붙었다.

"봄… 봄봄… 봄…."

나중에 할머니는 웅얼거리는 목소리를 냈다. 자꾸 멀어지는 봄을 잡아당기려고 안간힘을 쓰는 것처럼 보이기도 했다. 그 끝에 할머니가 어떤 목소리를 낼지 너는 짐작하고 있었다. 이렇게 봄을 여러 번 발음한 끝에 나오는 얘기였다. 그래서 언제부턴가 다들 '봄봄' 이야기라고 불렀다.

짐작이 좀 더 또렷해졌을 때쯤 할머니가 목소리를 가다듬고 고개를 들어 시선을 흐트러뜨렸다. 선생님은 의자에 몸을 깊숙이 파묻었다. 너도 움츠렸던 어깨를 늘어뜨리고 한쪽 자세를 허물었다. 인과관계는 따져 보지 않고 일단 잘 들어 보는 건 치료의 시작이었다. 노인이 어린아이의 목소리를 내며 말해도 성별이 바뀌어 남자인 척해도 마찬가지였다. 선생님이 네게 이걸 알려 주려고 일부러 매일 비슷한 얘기를 하는 점순이 할머니를 맡겼는지도 몰랐다.

이번엔 이야기가 얼마나 더 촘촘해질까. 혹시 오늘은 이야기가 좀 더 나아가지 않을까. 오늘에야말로 점순이가 남자를 끌고 집에 들어올지도 몰랐다. 할머니의 표정은 평소와 다를 게 없었지만 자세히 들여다보면 조금 다른 것도 같았다. 한쪽이 뒤틀린 것도 같았고 선이 조금 굵어진 것도 같았다. 그래서 오늘은 다른 얘기가 좀 나올 거란 기대가 한껏 부풀었다. 할머니 얘기가 끝나면 오전 일과도 끝날 것이었다.

"봄… 맞아, 봄이었지. …장인님! 인제 저… 내가 이렇게 뒤통수를 긁고 나이가 찼으니 성례를 시켜 줘야 하지 않겠느냐고 하면…"

그때 노크 소리와 함께 문이 열렸다. 열린 문 사이로 목소리가 파고들었다. 딸의 목소리였다. 점심 지나서 도착한다고 했는데 생각보다 일찍 도착한 모양이었다. 너는 몸을 돌렸지만 딸의 표정까진 살필 수 없었다. 빛을 등지고 있었기 때문이다. 그래도 휠체어에 탄 사람은 알아볼 수 있었다. 할머니 이야기 속의 남자가 맞을까. 그때까지도 할머니의 자세는 조금도 달라지지 않았다. 그래도 표정은 한결 부드러워졌다. 창문으로 들어오는 봄바람을 따라 물결 치고 있는 걸 알아볼 수 있을 정도였다. 휠체어에 앉은 사람이 천천히 목소리를 냈다.

"또, 또 …그 얘기구만."

너는 할머니 쪽으로 돌려 앉았다. 그게 신호가 된 것처럼 잠깐 머뭇거렸던 할머니의 목소리가 느릿느릿 흘러나왔다. 휠체어에서는 말캉한 웃음소리가 퍼졌다. 두 목소리는 서로 부딪히지 않고 스며들었다. 그러다 다시 할머니 목소리가 허공에 가볍게 튀어 올랐다.

"…대답이 늘, 이 자식아! 성례구 뭐구 미처 자라야지!"

전상국

1940년 강원도 홍천에서 태어났으며 춘천고, 경희대학교 국문학과와 동 대학원 국문과를 졸업한 뒤 19년 동안 중·고등학교 교사로, 1985년부터 2005년 8월까지 20년 동안 강원대학교 인문대학 국어국문학과 교수로 재직.

1963년 〈조선일보〉 신춘문예에 소설 「동행」이 당선되어 등단했으며 작품집으로는 『바람난 마을』, 『하늘 아래 그 자리』, 『우상의 눈물』, 『아베의 가족』, 『우리들의 날개』, 『형벌의 집』, 『지빠귀 둥지 속의 뻐꾸기』, 『사이코』, 『온 생애의 한 순간』, 『남이섬』 등과 장편소설로는 『늪에서는 바람이』, 『불타는 산』, 『길』, 『유정의 사랑』 등이 있으며, 이밖에 이론서 『당신도 소설을 쓸 수 있다』, 『김유정』 등의 여러 권의 저서가 있다.

현대문학상(1977), 한국문학작가상(1979), 대한민국문학상(1980), 동인문학상(1980), 윤동주문학상(1988), 김유정문학상(1990), 한국문학상(1996), 후광문학상(2000), 이상문학상특별상(2003), 현대불교문학상(2004), 경희문학상(2014), 이병주국제문학상(2015) 등을 수상했다. 현재 강원대학교 명예교수 및 김유정문학촌장.

김도연

강원도 평창 출생.

〈강원일보〉, 〈경인일보〉 신춘문예 당선. 2000년 중앙신인문학상. 소설집 『0시의 부에노스아이레스』, 『십오야월』, 『이별전후사의 재인식』, 『콩 이야기』. 장편소설 『소와 함께 여행하는 법』, 『삼십 년 뒤에 쓰는 반성문』, 『아흔아홉』, 『산토끼 사냥』, 『마지막 정육점』을 썼다.

한정영

강원도 원주 출생. 중앙대학교 문예창작학과를 졸업하고 같은 대학에서 박사학위를 받았다.

지금까지 『비보이 스캔들』, 『빨간 목도리 3호』, 『히라도의 눈물』과 같은 청소년 소설을 썼고, 동화 『굿모닝, 굿모닝?』은 초등학교 교과서에 실렸다.

중앙대학교 연구교수를 역임한 뒤, 지금은 서울여자대학교 겸임교수로 재직하며, 소설과 시나리오 등을 강의하고 있다.

윤혜숙

강원도 태백 출생. 한국콘텐츠진흥원 〈원작소설창작과정〉에 선정되었으며, 제4회 한우리청소년문학상을 수상했다. 청소년 소설 『뽀이들이 온다』와 『밤의 화사들』을 썼고 청소년테마소설집 『여섯 개의 배낭』을 함께 썼으며, 가족 동화 『기적을 불러온 타자기』를 출간했다.

이순원

1957년 강원도 강릉에서 태어났고, 1985년 〈강원일보〉 신춘문예에 「소」가 당선되면서 작가로서 활동을 시작했다. 자신을 작가로 길러 준 산과 바다에 대한 애정이 소설을 넘어 강릉 출신 산악인 이기호 대장과 함께 '강릉 바우길'이라는 트래킹 코스를 개발하는 일로 이어지기도 했다.

대표작으로 「그 여름의 꽃게」, 「얼굴」, 「말을 찾아서」 등이 있고, 장편소설로 『우리들의 석기시대』, 『압구정동엔 비상구가 없다』, 『에덴에 그를 보낸다』, 『수색, 그 물빛 무늬』, 『아들과 함께 걷는 길』, 『19세』, 『그대 정동진에 가면』, 『순수』 등이 있다.

동인문학상(1996), 현대문학상(1997), 이효석문학상(2000), 한무숙문학상(2000), 허균문학상(2006), 남촌문학상(2006) 등을 수상했다.

이기호

1972년 강원도 원주에서 태어났다. 1999년 《현대문학》 신인추천공모에 단편 「버니」가 당선되어 등단했다. 소설집으로 『최순덕 성령충만기』, 『갈팡질팡하다가 내 이럴 줄 알았지』, 『김박사는 누구인가』, 『웬만해선 아무렇지 않다』, 장편소설로 『사과는 잘해요』, 『차남들의 세계사』 등이 있다. 이효석문학상, 김승옥문학상, 한국일보문학상을 받았다. 현재 광주대학교 문예창작과 교수로 재직 중이다.

전석순

1983년 강원도 춘천에서 태어났다. 2008년 〈강원일보〉 신춘문예에 단편소설 「회전의자」가 당선되어 등단했다. 2011년 장편소설 『철수 사용 설명서』로 '오늘의 작가상'을 받았다. 장편소설로 『거의 모든 거짓말』이 있다.

1908

1월 11일. 본관이 청풍淸風인 부친 김춘식金春植과 모친 청송 심씨의
2남 6녀 팔 남매 중 일곱째로 춘천부 남내이작면 증리(실레마을, 현재
춘천시 신동면 증리)에서 태어남.

1914(6세)

실레마을의 천석을 웃도는 지주였던 유정의 조부 김도사金都事 사망.
이때부터 부친 김춘식을 김 참봉으로 호칭함. 이해 겨울에 서울 종로
구 운니동(당시 진골)으로 가족이 모두 이사.

1915(7세)

3월 18일, 어머니 청송 심씨 사망.

1917(9세)

5월 23일, 아버지 김춘식 사망. 형 김유근에 의해 종로 운니동에서 관
철동으로 이사. 1916년부터 1919년 봄까지 3년 동안 한문 공부와 붓
글씨를 익힘.

1920(12세)

재동공립보통학교 입학.

1921(13세)

3학년으로 월반.

1923(15세)

재동공립보통학교 4학년 졸업(16회) 4월 9일, 휘문보통고등학교를 검정檢定으로 입학. 김나이金羅伊로 불리었고, 안회남과 같은 반으로 각별히 친하게 지냄. 숭인동 80번지로 이사. 휘문고보 3년 때 1년 휴학.

1929(21세)

3월 6일 휘문고등보통학교(5년제) 졸업(제21회). 집안이 모두 고향 강원도 춘천으로 이사함. 이 무렵 길거리에서 명창 박록주(1904~1979)를 보고 짝사랑 시작.

1930(22세)

4월 8일, 연희전문학교 문과에 입학, 6월 24일 학칙 제26조에 의거 제명 처분됨.

1931(23세)

4월 20일, 보성전문학교에 입학했으나 곧 퇴학. 고향 춘천의 실레마을에 내려와 야학 일에 열중하다가 늦가을 충청도 어느 광업소에서 병휴양차 서너 달 동안 머물다 다시 귀향.

1932(24세)

실레마을에서 조명희, 조카 김영수와 함께 농우회 등을 조직, 농촌계몽 운동을 벌이다. 야학당을 '금병의숙錦屛義塾'으로 개칭, 간이학교로 인가받음.

1933(25세)

형에 의해 가산이 완전히 탕진됨. 상경하여 서울 둘째 누이 유형의 집에 기거. 늑막염이 악화되고 폐결핵 진단을 받음. 1월 13일, 「산골 나그네」를 탈고, 안회남의 주선으로 『제일선』지 3월호에 발표. 8월 6일, 「총각과 맹꽁이」를 탈고, 『신여성』지 9월호에 발표. 이해 봄에 이석훈과 채만식을, 가을에 박태원을 만남.

1934(26세)

사직동에서 혜화동으로 이사, 이해 「정분」, 「만무방」, 「애기」, 「노다지」, 「소낙비」 등을 탈고.

1935(27세)

〈조선일보〉 신춘문예에 「소낙비」가 1등 당선, 〈조선중앙일보〉 신춘문예에 「노다지」가 가작 입선함. 구인회 후기 동인으로 가입하면서 이상과 자주 만남. 「金 따는 콩밭」, 「금」, 「떡」, 「만무방」, 「산골」, 「솥」, 「봄·봄」, 「안해」 등 10편의 작품 발표.

1936(28세)

「심청」, 「봄과 따라지」, 「가을」, 「두꺼비」, 「봄밤」, 「이런 音樂會」, 「동백꽃」, 「야앵」, 「옥토끼」, 「貞操」, 「슬픈 이야기」 발표. 미완의 장편소설 「生의 伴侶」가 『중앙』 8, 9월 호에 연재. 박용철의 누이 박봉자를 짝사랑하여 30여 통의 편지를 씀.

1937(29세)

병이 깊어져 2월 조카 진수에 의지하여 경기도 광주군 중부면 신상곡리 100번지 매형 유세준 집으로 옮겨 감. 「따라지」, 「땡볕」, 「연기」 발표. 3월 29일 오전 6시 30분 조카 진수를 마지막 바라보며 생의 괄호를 닫음. 유해는 서대문 밖 홍제동 화장터에서 화장. 사후 발표된 소설로 「정분」, 「두포전」, 「형」, 「애기」 등이 있음.

1938

단편집 『동백꽃』 발간(삼문사)